KEITAI
SHOUSETSU
BUNKO
野いちご SINCE 2009

浮気彼氏を妬かせる方法

あよな

○STARTS
スターツ出版株式会社

池田唯、フツーの高校2年生。
彼氏は学園の王子様。

なんと、浮気現場を目撃しました!
というわけで!!
彼氏を妬かせるために、本日から、浮気します!

contents

第1章

私の彼氏は学園王子なんです。　8

これが秘密兵器の実力だっ！　15

浮気相手、決めました。　21

第2章

作戦会議します。　26

お披露目しちゃいます！　36

浮気宣言してやります！　43

第3章

素直になんて。　48

徹底的にやってやります！　59

琉斗のレア顔見ちゃいます。　66

第4章

溢れる思い。　74

私に原因あるんですか？　79

そんなふたりだから。　83

第5章

文化祭の準備です！　90

笑顔の裏に。　100

メロンパンが欲しいんです。　105

第6章

やってきました、文化祭です！　114

| 言葉がたりなくて。 | 122 |
| みなさんラブラブですね。 | 129 |

第7章

夢じゃないんです。	136
私の心臓、ドキドキです！	143
私、なんか変です。	149

第8章

| 久々、お泊まり会です！ | 160 |
| はい、ガールズトークです。 | 166 |

第9章

自分の気持ちに気づいたんです。	178
隠してきた本音。	184
感謝してもしきれないです。	190

第10章

電話のかけすぎにご注意ください。	200
特別って嬉しいですね！	206
ずっと一緒にいたいです。	212

書き下ろし番外編

| 好きになった、その瞬間。 | 228 |
| 学園王子の憂鬱な悩み。 | 267 |

| あとがき | 302 |

第1章

私の彼氏は学園王子なんです。

　池田唯。高校２年です。
　いきなりだけど、私には彼氏がいる。
「きゃー！　琉斗様〜」
「今日もかっこよすぎますっ」
　朝から騒がれている、学園王子。
　黒木琉斗。こやつが彼氏である。
　付き合ってもうすぐ１年。
　彼女である私の扱いは、日に日にひどくなっていくような気がしないでもない。
「しょうがねーな。遊んでやるよ」
　騒がれるだけならまだしも、最近、彼女である私ではなく、ほかの女の子を優先しております。
　一体なんなんですかね？
　もう私には飽きたってことですか？
　確かにあんたはイケメンだし？　学園王子だし？　モテるかもしれないけど？　女の子よりどりみどりかもだけど？
　告ってきたの、そっちだろうが！
　で、私は今、朝っぱらからピンクオーラを振りまいている浮気現場にいあわせている。
　ここは、体育館の裏。
　誰にも気づかれないと思ったか！

ふっふっふ、残念でした〜。私が覗いてるんだな、これが。
「ん……琉斗様、キス……してください」
「ったく、しかたねーな」
　おいおいおい！
　君たち！　まだ朝ですけども……。
　しかも私もまだキスなんて、されたことないんですけど〜。
　しちゃう？　しちゃう？
　あっ！　しちゃう感じですね……。
　お、の、れ〜！　黒木琉斗めっ。許さんっ！
　ま、とりあえず、るりるりとえりりんに報告だっ！

「瑠璃〜！　英里〜」
　とりあえず、教室に戻ってきた。
　まだ朝のホームルームも始まらない時間だから、教室もにぎやかだなぁ。
　自分の席でしゃべっている、相葉瑠璃と宮坂英里のところに来た。
　ふたりは高1からの親友。
　瑠璃は、しっかりもので頼りになるんだ。
　英里は元気いっぱいでテンション高めの明るい子。
　ふたりともすっごくいい子なんだけど、私には結構毒舌だったりするんだよね……。
　そして、私と違って女子力高いのです！
　あ、ちなみに、テンション上がるとふたりのことえりりんとか、るりるりとかって呼んでます。

「あ、おはよう。唯。どうしたの？　そんな慌てて？」
　お、瑠璃、よくぞ聞いてくれました！
「あのねあのね！　琉斗が、浮気してたんだよ！」
　ねね！　ひどくない～？
「え……それって」
「いつものことじゃない」
　えええええええ～！
「そんな、息ぴったりで言わなくても……」
「だって唯、いっつもまた琉斗が女の子といる～しゃべってる～浮気だ～って言ってんじゃん！」
　そ、そんなあ……英里様……。
　で、でも！　今回は！
「そんぐらいで浮気とか、もはや王子がかわいそうだよ」
　うう……瑠璃様まで……。
「で、でもね！　今回はね！　キスしてたんだよ？　私もまだされたことないのに！」
　一気に表情が変わるふたり。
「え～あんたたち、まだキスもしてなかったの？」
「嘘、でしょ……付き合って、何ヶ月たったと思ってんのよ？」
　え……これって遅いの？　って……！
「そっちじゃなーい！　私が言いたいのは！　琉斗がほかの女の子とキスしてたってことだよっ!!」
　もう！　ふたりとも話そらさないでよね！
　私と琉斗のキス事情はほっといてよ！

「あ、そっちね。まあ、そういうこともありえるんじゃない？」
　え？　なんだって？　えりりん？
「確かにね。だって学園の王子様だし」
　え、るりるりまで？
「ふ、ふたりとも……な、なにをおっしゃってる、ノカナ？」
「「そのまんまの意味だけど？」」
　ぎゃあああああ！
　私、泣いちゃうよ!?
「もう！　ふたりともひどいっ！　琉斗は浮気してもいいって言うの？」
　まぁ、確かに琉斗は女の子にモッテモテの超イケメンで、成績だって常に上位だし、なにをやっても完璧で、私にはもったいない彼氏かもしれないけどさっ。
　だからって、浮気していいはずはないっ！
「ごめん、ごめん！　冗談だって！」
　え、冗談なの!?
　もー！　英里、ひどい！
「浮気していいってわけじゃないけど……まず、本当にキスしてるとこ見たの？」
　え……あ。そういえば。
「すごい顔は近かったけど……確かにちゃんとは見てないかも……。よく見えなかったんだよね……」
　キスしてるかな〜。雰囲気的にって感じだね……。
「それはまだ王子を疑っちゃダメだよ！　まず、確認して

おいでよ。私って彼女だよね？　って！」
　う……確かに、これだけで疑うのは悪いかも。
「わ、わかった！　ちょっと聞いてくる！　ふたりともありがとう！」
　よしっ！　急いで聞きにいこう！
　うん！　やっぱちゃんと見てないのに人を疑うのはよくないよね！
　さっすが我が親友！　いいこと言ってくれる〜。
　って、ん？　待て……。琉斗、今どこにいるんだ？
　もうだいぶ時間たってるから、もう体育館の裏にはいないだろうし……。
　あああああー。
　私、琉斗の居場所を知らぬではないか。
　同じクラスなんだから、さっさと教室に来てくれればいいものを！
　なにしてるんだろう……気になる。
　あーもう！
　こんなとき、ドラ○もんのどこで○ドアがあればいいのに〜。
　とりあえず、琉斗を探して廊下をフラフラ歩いていると……。
「わっ、ぎゃ！」
　こんなことを考えてたら、誰かにぶつかってしまった。
「あ、すみません……って琉斗っ！」
　もしかして、これはドラ○もん効果？

「相変わらず、色気ねー驚(おどろ)き方してんな」
　な！　彼女に会ってそれですか？
「悪かったね！　色気なくて！」
「ま、お前が色気なんて出したら、キモすぎるけどな」
　はい？　キモすぎるとかなんなんだっ！　ムカつく！
　あ〜ダメだ、ダメだ！　今は琉斗に話があるんだった！
　よしっ！　聞こう！
「ねぇ、琉斗」
　いきなり落ち着いた声を出した私に、琉斗は驚いております。
「んだよ？　いきなり」
「あのさ〜、私って琉斗の彼女だよね？」
　「は？」って顔になる琉斗。
　あー、そんなことは当たり前すぎるのか？
　おーよかったよかっ……。
「まー、形だけな」
　はい？
　形だけ……。
　かたちだけ……。
　カタチダケ……。
　Katachidake……。
　私の頭の中で、いろんな文字になってぐるぐる回る。
　え、えええええええーっ？
　なななななな、なんですって？
「あ、あの今……。形だけという言葉が聞こえたような気

がしたのですが……」
　うん！　きっと聞き間違えだ！
　そうに決まっている！
「あ？　聞こえたようなじゃなくて、そう言ったんだよ」
　なあああああああ？
　し、信じられん。なんてこった～。
「り、琉斗のバカ野郎ー!!」
　なになになに!?　形だけとか、ありえないんだけど！
　なんで！　なんでこんなことになったんだー！
　ちょ、ちょっと、状況理解できませんけれども！
　これって私の理解能力が低いせいじゃないよね？
　叫ぶだけ叫んで、ダーッと走って逃げだす私。
　なんなんだ！　私はもてあそばれてたのか？
　ム、カ、つ、くーーー！
　乙女(おとめ)の純情(じゅんじょう)を汚しやがって！
　今に見てろー！
　私の最終兵器！　出動させちゃうんだから！
「えりりんー！　るりるりー！」
　そう！　最終兵器というのは、ほかでもないこのふたりであるっ！
　ふたりに頼めば、いくら学園王子だとしても琉斗を見返す方法を考えてくれるはず！
　私に形だけなんて言ったこと、後悔させてやるんだから！

これが秘密兵器の実力だっ！

「えりりん〜るりるり〜！」
「ん？　今度はなに？」
　おー！　私がどんなに騒ごうが、相変わらずドライな瑠璃様です。
「また、王子浮気してたとか？」
　ニコニコしながら相変わらず毒舌なえりりん。
　って、ひとりで解説してる場合じゃないっ！
「ふぅー。あのねあのね！　私……」
　ちょっと緊張……。
「どうしたの？　ためられると、気になるんだけど……」
　あっ、そうか……。すみません。
「えっとね……私、琉斗の形だけの彼女だったらしい……」
　自分で言うと悲しくなるね……これ。
「「え？」」
　またもや揃(そろ)ったね、ふたりとも……。
「なにそれ？」
　え、いや……そのままの意味です。英里様。
「そんなの、ありえない！　王子から告っといて！」
　あ、えりりん、ガチ怒？
「たしかに学園王子だから、多少の浮気はって思ってたけど……形だけの彼女なんて、聞いてませんけど？」
　わっ、瑠璃様もガチ怒だ！

ううっ……ふたりとも私のために。
「うわ〜ん！　ふたりども〜だいずぎだよ〜」
　私はふたりに抱きつこうとしたんだけど……。
「唯っ！　抱きついてる場合じゃないよっ！」
「そうね。この状況をどうにかしましょう！」
　と言われてしまった。
　え……？　どうにかって……。
「唯だって、悔しいでしょ??」
　そうだ、私……。
「琉斗にムカついてたんだっ！」
「え〜忘れてたの？」
「うん……さすが、唯だ……」
　さすがですかね？
「いや〜それほどでも」
　照れながら言ったら、
「「褒めてないから！」」
　って言われました。
「もう、こんなバカなことやってる場合じないよっ！　王子、見返す作戦！　考えなきゃ〜」
　はっ、そうだった！
　ふたりなら、いい案持ってるよね！
「そうね。あっ、でもその前に……唯！」
「は、はい？」
　なんか、いきなり呼ばれたのですが……。
「唯は、悲しくないの？」

え……ん？　悲しいかあ……。
　考えなかったな。
「なんか、琉斗とはほとんど恋人っぽいことしてないせいか……あんまりかなっ！」
　なんていうか、悲しさよりも悔(くや)しさが先なんですよね。
　ここで黙って泣くだけの唯ちゃんではありません！
「そっか……ん、ならいいの。ただ……もし、つらいなら言ってね」
「そうそう！　いつでも聞くからさ〜！」
　ううう……泣いちゃうよ〜私。
　ふたりとも本当に大好きです！
　ところで……。
「見返す……って、なにするんだろう？」
「ん〜、急に唯がかわいくなるとか？」
　いやいや……。
「それは、元の素材に限界がありますよ……英里さん」
「大丈ー夫っ♪　唯、素質かなりいいからさっ♪」
　はい！　お世辞(せじ)はいりませんっ！
「うーん……それもいいけど……。そうね。唯も浮気するのはどう？」
　う、わき？
「え〜でも瑠璃……それはさすがに王子に悪いんじゃ……」
「言ってみたものの、やっぱりそうよね……」
　なんてふたりが話してるのも聞かず私は。
「……い……」

「「え？」」
「それめっちゃいい〜」
　私は浮気案がめちゃくちゃ気に入ってしまった。
「だって、琉斗のあ然とした顔、見たいじゃん！　私だって、見返してやるんだから！　よしっ！　浮気してやる〜」
　拳を上につきあげる。
「ええ〜？　待って、半分、冗談で言ったんだけど……本当にそれでいいの、唯？」
「そうだよ！　後悔しない？」
　え……？　冗談だったの？
「なんで私が後悔するの？　いつまでもあんたなんかの言いなりにはならないって、わからせてやるんだからっ！」
「ぷっ！　はははっ！　やっべー！　池田、面白すぎだろ！　あははっ」
　えええ？　なんか隣の席の岩崎くんに、ものすごく笑われてるのですが……。
　岩崎くんは、琉斗ほどではないけど、かなりかっこよくて女子にも人気の男子。
　隣になって気づいたけど、かなり優しいと思う！
　教科書忘れたら見せてくれるし。
　というか、こんなに笑ってるの、初めて見たんだけど……。もっとクール系かと。
「ちょっと！　唯は真剣なんだから！　笑うな岩崎！」
　そうだそうだー！　私は真剣なんだぞー！
「や、悪い悪い……普通、浮気されたら泣くか浮気相手に怒

るかだろ？　琉斗に対抗して、自分も浮気とか……ぷっ！　本当池田おもしれえー」
　う、うるさい！　悪かったわね！　普通じゃなくて！　そんな笑うなーっ！
「べつにいいじゃん！　岩崎くんには関係ないでしょ！」
　って怒って言う私。
　そしたら、岩崎くんは急に真剣な顔をして言った。
「あるよ。関係」
　え？　どうゆうこと？
　あるの？　なんの？
　ってあれ？
　なんか岩崎くん顔、近くない？
「だって……俺、池田のこと、好きだから」
　へ？
「「はああぁーーーー？」」
　わわわわわ〜。
　えりりんとるりるりとハモったよ？
　ん？　待って待って！
　これって、もしかして告白ってやつ？
　いや！　でも私は人妻だし……。
　ってか……ほ、本当に？
「っていうのは嘘で〜」
　あっけらかんと笑う岩崎くん
「「はああああーーーー？」」
　また、ハモったよ？

というか、嘘ってなんなんだ？
「岩崎くんもあれか！　たくさんの乙女をもてあそんでるんだな？」
　そんな奴、世の中の乙女代表として、私が許さないっ！
　謝れ謝れ〜。
「そうだ！　唯に謝れ！」
「ちょっと、それはないんじゃない？　岩崎くん？」
　岩崎くんは女子の敵じゃー！
「ごめん！　ごめんて！　ちょっと、こういうの言ってみたくてさ……でも！　関係あんのは本当だから！」
　一瞬でも本気にした私がバカだったのね……はい。
　二度とこのような勘違いは致しません。
「それで、なんで関係あるのさ？」
「俺さ、琉斗と小学校からの友達なんだよ」
　な、なんですって？
　あ！　そういえば、琉斗といつも一緒にいたな！
　だったら、もしかして……。
「浮気のこと、琉斗に言うつもりなの？」
　わー！　もっと違うところでしゃべればよかったー！
「え？　あ、全然！　そんなつもりじゃなくて……」
　え？　あ、違うの？
　ふー、ひと安心……。と思ったのもつかの間。
　次の瞬間、彼は私がまったく予想していないことを言った。

浮気相手、決めました。

「俺、お前の浮気相手、やってもいいよ」
　は？
「「はいいいいいいいいー？」」
　わわわわわ〜またまた、ハモッたね？
　"二度あることは三度ある"って言うけどさ……。
　わー！　そうじゃなくてっ！
「本当に？」
「てか、話聞いてたの？」
「また、嘘なんて言ったら、怒るわよ」
　と、次々に言う私たち。
「そんなに、驚くなって！　嘘じゃねーよ。本気だし」
　いやいや、これで驚くなってほうが無理ですよ……。
「え……でもなんで？　今まで岩崎、唯とかかわりなかったじゃない」
　おー！　さすが冷静な瑠璃っ！　頼りになります！
「さっき俺、琉斗と小学校からの友達だって言ったよな？」
　え？　あー！　それなら聞いたね。
「琉斗はさ、俺が知ってる限り、今まで告白された女の子だけと付き合ってきたんだよ。まあ、せいぜい２週間くらいしか続かなかったんだけどさ……」
　ん？　でも私は……。
「琉斗から告白されたよ、私」

ついでに言うと、付き合ってもうすぐ1年たつし。
「そう、なんだよ……池田は、池田だけは、琉斗から告って、2週間たっても別れなかった。俺はさ、あーよかったな琉斗、って思ってたんだよ……。それなのに……形だけとか浮気とか聞いてねーよ！　琉斗に直接聞いても答えねーし。……ったくなんなんだよ！　今回だけは違うって思ったのに。あいつは……本当はこんな奴じゃねーんだよ。なにがあったんだ。んっとに、あのバカ！」
「岩崎……」
「だから、唯に協力してくれるのね……」
　と、岩崎くんの言葉にしんみりモードになってる中……。
　私といえば……。
「ぅぅ……が、がんどうじだーー！」
　私は感動して泣いておりました。
「岩崎、ぐん！　あんだいい奴だ！　なんて素敵な友情だ！」
　ガシッと岩崎くんの手をつかむ私。
「ちょっ！　唯！」
「落ち着きなって、唯……」
　ふたりの言葉を聞かずに、岩崎くんの手をぶんぶん振りまくる。
「え！　わっ」
「岩崎くんっ！　私と浮気しよう！　もう私の相手は岩崎くん以外には考えられない！　琉斗のこと信じようっ！」
　琉斗の大の親友がこんなにいい人だなんて、知らなかった！

人生損してた！
「え？　でも、そんなすぐ決めちゃっていいの？」
　びっくりしてる、英里。
「そうだよ。もうちょっと考えてからにしたら？」
　心配してくれる瑠璃。
　そんなふたりに私は言う。
「琉斗のこと、こんなに考えてる人、岩崎くん以外にいないよ！　それにこのあとどこを探しても、岩崎くん以上の人みつかんない！　だから私は岩崎くんと浮気するっ！」
　そしたらふたりは、ふっと肩の力を抜いて笑った。
「まぁ、そうね。岩崎、いい人だものね……。唯が決めたなら、全力でサポートするわ」
　優しい微笑みを浮かべる、るりるり。
「ま、唯が本気になったら止まんないの知ってるし、応援するよ！　それに、岩崎イケメンだしね！　唯に合ってるよ！」
　ってニコニコしながら言ってくれるえりりん。
　やっぱりふたりとも、優しい。
　いつも私のこと、応援してくれる。
　私が琉斗と……学園王子と付き合うことになったときも、ふたりは応援してくれた。
　いつも私の味方でいてくれた。
「ふたりともありがとうっ！　大好きっ！」
　本当にふたりが親友でいてくれて幸せだ、私。

第 2 章

作戦会議します。

　次の日の昼休み。
　クラスのみんなはお昼ご飯を食べ終わって、ゆったりとした空気が流れている。
　そんな中……。私のまわりの空気は燃えている。
　なぜかと言いますと……。
　はいっ、そうです！　今日から浮気作戦実行しますよ！
　今からその作戦会議なんです！
　メンバーは、岩崎くん、瑠璃、英里、私という周りから見たら謎メンですね……。
　でもここはクラスから離れた空き教室！
　滅多に人は通らないので、人に聞かれる心配はないのです！
「じゃ、作戦会議始めっか」
「うーん、王子ってなにしたら嫉妬したりするんだろ？」
「そうね……王子って、妬いてるイメージないわね……」
　岩崎くん、英里、瑠璃が話しあってる。
「唯、なんか王子にヤキモチ妬かれたこととかある？」
　うーん……ヤキモチかあ……。
「ないなあ……あ、でも私も妬いたことないかも……」
　っていうか、琉斗って基本、表情が変わらないから何考えてるかわかんないんだよね。
「なんかさ、お前らふたりってさ……」

「「冷めてるよね」」
　わーお。みなさんぴったりで。
　だけど……。
「決して冷めてはいないよ？」
　もちろん、琉斗がそばにいてくれたらなーって思ったことはあるよ？
「うん。やっぱり、王子を妬かせる方法考えたほうがいいみたいね」
　おおー！　瑠璃！　それはとても楽しそうだ。
　私の言葉はスルーされたけど、ま、いっか……。
「ってことで、岩崎！　どんなことで王子が妬くか、知ってるよね？」
　あ、そっか、親友だもんね！
「えー、琉斗が妬くことかあ……そりゃ、やっぱり池田をほかの男に取られることだろ」
「ええ？」
　私？
「まあ、そうだけど……具体的にどんなことしたら嫉妬すんのよ？」
　いやいや、ちょっと待ってくださいって！
「それって、琉斗が私のこと好きっていう前提だよね？」
「そうだよ？」
　いやいやいやいや？
「その可能性低くないかい？　だって形だけ……」
「池田っ！」

わわっ。岩崎くんに遮られた……。
「琉斗のこと、信じるって言ったよな？」
　う……まあ……。
「それは、言ったけど……」
「じゃあ、自分のこと好きだって信じて疑うな！　あいつは必ず妬く！　俺は断言する！」
　おお～、なんかとても説得力あるよ！
「よしっ！　私、琉斗のこと妬かせる！」
　自信ついた！
「おしっ！」
「じゃ、唯も自信ついたことだし！　具体的な内容決めよっか♪」
　おー！　決めよう！
「やっぱり、基本は下の名前で呼びあうのが、第一段階じゃない？」
　あーなるほど！　彼氏と彼女だったら基本だよねっ。
「それいいね～瑠璃！　じゃ、お互いに呼んでみる？」
「え？　あ、お前そういうの平気な奴か……」
　あら、なんか驚いてるね……？
　だったらここはひとつ、緊張をほぐすために……。
「今更なに言ってんの？　彼氏と彼女の関係じゃ～ん」
「はあー……唯、それ周りにほかの人がいるとこでやっちゃダメだよ！　王子の前でだけね。あくまで仮なんだから！」
　あらら……私が英里に怒られてしまった……！
「ま、でも呼んでみたほうがいいわよ？」

そうだそうだー！
「う、うん……わかったって呼ぶって……」
　瑠璃にせかされて答える岩崎くん。
　スウーッて深呼吸をする音が聞こえる。
　そんな緊張するのかな？
「ゆ、唯……」
　ぎ、ぎゃーーー！　待った待った！
「これは！」
「破壊力(はかいりょく)」
「やばいですよーーー！」
　英里、瑠璃、私の順で息ぴったり。
　うん、やっぱりふたりも思うよね！
　だってだって！　顔赤くして照れながら言うとか……。
「ズッキューーーン！　って感じだったもんね??」
　って同意を求める私。
「うん……？　よくわかんないけど嬉(うれ)しそうならよかった、ね？」
　あれ？　瑠璃はそこまででもないのかな？
　わかってもらえてない？
「えっと、ズッキューーーンっていうのは、心臓(しんぞう)を撃(う)ち抜かれるような感……」
「もういいから！　次、お前の番！」
　あら、岩崎くんに遮られて、最後まで言わせてもらえませんでした。
　もう、照れちゃって〜かわいなあ。

まあ、ちゃんと呼びますよ？
「涼太♡」
　唯ちゃんのハートもオプションでつけちゃうよ〜♪
「……っ……」
　あれ？　さらに顔が赤くなってる。照れてる？
「もう涼太、かわいいなあ」
　バシバシと涼太の背中を叩く。
「もう、マジやめてくれ！」
　と言ってしゃがみ込む涼太。
「ほら、唯。そんぐらいにしときな？　岩崎のぼせちゃうでしょ？」
「そうだよ！　唯、顔かわいいんだから、ハートなんてつけて名前呼んだらそりゃ照れるわ〜」
　ふたりになだめられる。
　あ、本当だ。のぼせてるわ。
　大変、大変！
「英里！　うちわで涼太をあおぎましょ！」
「そうだね！　っじゃなくて！　ゆ〜い〜！　ふざけるなっ！」
　はい。ごめんなさい。
「それから、やっぱり唯をかわいくするのも必要だと思うわ」
　うーんでもそれはやっぱり……。
「限度があるような……」
「だ〜か〜ら〜。自信持つんでしょ！」

そうだった……。
「それに唯は、限度以前に髪もとかしてこないし、スカートも長いし、変えられるところだらけよ？」
　うーんそうだなぁ……。まぁ、自信もつって言ったしね。
　よしっ！
「じゃ！　かわいくなろう！」
「よし来た！　かわいくしたるよ~」
　私にまかせなさい！　と言わんばかりに胸をはる。
　おー、えりりん、ノリノリだぁ。心強い！
「じゃあ、岩崎ー！　ちょっと唯かわいくしに行くから、そこにいてねー！」
　英里は涼太にそう言うと、私は瑠璃に手を引かれる。
　そして、隣の準備室に入ると、椅子(いす)に座らされた。
「あの～……」
　状況が……というか、ここどこですかね？
「あ、唯は目閉じてて、すぐ終わらせるから」
　と瑠璃に言われたかと思うと、たくさんの女子力グッズが出てきた。
　ここで私がどうこう言っても仕方ないから、静かにふたりの言うとおりにしてます。
　やはりふたりの女子力は素晴らしい……。
　目を閉じること数分。
「もういいよ」
　自信ありげな瑠璃の声で目を開ける。
「じゃかじゃーん！　New唯ちゃんの完成でーす！」

英里はいつもよりさらにテンション高いし、なんかルンルンしてる。
　鏡が渡される……。
「な、ななななになにこれーーー??」
　す、すごすぎる……。
　鏡を覗くと、もはや誰これ？　状態の私がいた。
「へへ♪　唯はお肌すべすべだったから、お化粧しやすかったよ。やっぱりナチュラルメイク似合うね♪」
　いやいや、これはナチュラルメイクじゃない。英里たちの技術力がすごいんだよ！
「それに、髪の質もいいから巻きやすかったわ」
　わー！
　なんでいきなり褒めまくるの!?
　私、あんまり褒められなれてないんだからねっ！
「もうふたりとも、そんな褒めないで！　照れる照れる〜」
　ふたりともニコニコしてるし……。
「じゃ、あとはスカート短くしてね」
　え？
「それはさすがに無理だよ。私の足、豚みたいだもん！」
「「はあーーー」」
　そのため息はなんすか？
「いいから！　もう！　勝手にあげるよ！」
　うう……それは困る……。
「わかった……あげるよ……」
　渋々スカートを短くします……。

「おお〜」
「似合ってるじゃない」
　ほ、本当かな?
「ふたりとも本当?」
「「本当だって!」」
　声を揃えて言ってくれるってことは、信じていいんだろうか……。
「じゃあ試しに、まずは岩崎を驚かそうよ!」
　え、これ涼太に見せんの?
「えっと、それはちょっと……」
「なに言ってんの?　これからクラスの全員に見せるんだから!」
　ええ?
「クラスの全員?」
「当たり前じゃない」
　いやいや、当たり前じゃないよ!
　は、恥ずかしい……。

　そんなことを言っている間に、涼太が待っている空き教室の前に来てしまった。
「ほら!　もう岩崎のとこついたんだし、覚悟を決めなさい!」
　う、う……そんな急に覚悟を決められないよっ!　なんか恥ずかしいっ。
「岩崎ー!　お待たせ〜!」

あーもう！　この際なにを言われても私は凹まんぞ。
　と意気込んだものの……。
「え……誰、この子？」
　返ってきた言葉は、予想していなかった言葉だった。
　マジ、ですか？　わからないほどひどいですかね？　いつもの５割増しなはずなんですが……。
　もしかして、そう見えてるのは私の目だけ!?
「ほーら！　唯っ！　大丈夫だったでしょ？」
　いやいや、それは違うよ英里。
「どこがだよ！　私だって理解すらされてないじゃんか！」
「え？　待って！　これ、いけ……唯なの??」
　ほら。理解すらされてない。
「そうよ。感想は？」
　瑠璃、あなたは直球すぎる。
　まあ覚悟はしてあるから……。どんと来いっ！
「う……えと、か……かわいいと思う……」
　うん。だよね。
　って、ん？　あれ？
「か、かわいい??」
　わわわ、私が!?　本当に？
　でもでも！　涼太が顔赤くしながら言ってるってことは、信じていいんだよね？
　お世辞でもなさそうだし……。
「だから言ったのに～！　かわいいって！」
「自信持ちなよ、唯？」

ってふたりもそんなふうに言うもんだから……。
「よしっ！　クラスのみんなに見せよう！」
　調子に乗ってしまう私でした。

お披露目しちゃいます!

　昼休みの終わる直前。もうほどんどのクラスメイトが席についているはず。
　クラスのドアの前で、深呼吸する。
　さっきはノリでいける！　とか思ったけど、やっぱりドキドキする……。
「大丈夫だって！　かわいいからさ！」
　英里が言ってくれるけどやっぱり……。
「緊張するよ」
「ほら、入ろ？」
　瑠璃に手を引かれて教室に入る。
「みんなー！　ちゅうもーくっ！」
　わわっ。英里、そんなこと言わなくても……。こっそり入ればいいのに……。
「え……誰これ……？」
「いなくね？　……こんな子……」
　ほら……みんな、反応微妙(びみょう)だよ！
「もー！　みんな、わかってよ！」
「これ、唯だから」
　わ！　瑠璃、言う？
　ちょっと、待って！　心の準……。
「「えーーーーー??」」
　準備できてないのに!?

それにしてもみんな驚きすぎ。
「これ、唯なの？　なにしたの??」
「嘘だろ……池田、こんな……なんて知らねーよ」
　なんでそんなリアクションでかいの？
　さっきまで微妙だったじゃん！
「で、みんなどうなの？　新しい唯は？」
　わ、もう！　だから瑠璃直球すぎなんだって！
「「ちょーーいい！」」
　声揃いすぎ！　仲よすぎかっ！
　って？
「本当に？」
　英里も瑠璃もニコニコしてる。
「いや正直びっくりだわ……人ってここまで変わるんだな」
「本当にもう超かわいいよ、唯！　今までもオシャレしてたらよかったのに！」
　わー、もう！　みんなそんなに褒めるから……。
「それほどでも〜」
　私、また調子乗っちゃいますよ？
　私の言葉でクラスが笑いに包まれたとき、チャイムが鳴って先生が入ってきた。
　みんな席についた頃、急いで琉斗と涼太が教室に入ってきた。
　涼太、あのあと急いでどっか行ってたけど……琉斗のとこだったんだね。
　なに話してたんだろ？　聞いてみようかな？

涼太と席隣だからね。今まであんま話したことなかったけど……。
「涼太！　琉斗となに話してたの？」
　席に座って聞く。
「ん？　宣戦布告（せんせんふこく）ってやつ？」
　はい!?
　……なんじゃいそれ。
　それに答えるかのように、涼太は小声で私に言った。
「唯、もらうぞ……って言ってきた」
　は？
「はいいいーーーー???」
　なに？　どういうこと!?
「おい、唯……！　授業中！」
　あっ！　やばい！　そうだった！
「池田っ！　岩崎っ！　うるさいぞ。廊下に立ってなさい！」
　なななな!?
「なんて古典的な〜」
　クラスがどっと笑いに包まれる。
　廊下とか……古すぎでしょ！
「つか、なんで俺もなんだよ。俺、叫んでねーじゃん！」
「連帯責任だ」
　はー？　って言ってる涼太。
　ま、私的にはひとりで立つよりはラッキーだけどね。楽しいし。
「じゃあ、廊下で反省しときまーす」

って言って涼太を引っ張って廊下に出た。
「ったく……この貸し覚えとけよ」
　　まだブツブツ言ってるし……。
「もー、涼太、広い心を持とうよ」
　　ポンッと涼太の肩に手を置く。
「お前に言われたくねーよ！」
　　なにさ、私は心広いよ？
　　小学校の先生に「唯ちゃんは優しいねぇ」ってよく言われたもん。
　　というか、廊下静かだなー。叫んだらよく響きそう。
　　ま、授業中だから当たり前だよね。
「で、さっきのどういう意味？」
　　私は話を変えて、さっきの続きを聞く。
「あ？　あれは、あのままの意味だよ」
「それがわからんから聞いてんじゃい！」
　　なんでそんなこと言ったの？
　　真意をたずねるように、涼太の目をじっと見る。
　　しばしの沈黙後。
「もし、唯をほかの奴に奪われそうってなったら……琉斗がどんな反応するか興味あったから」
　　涼太の顔は、いたって真剣。
「そっか……」
　　涼太は本当に琉斗のことを信じてる。もしかしたら、私以上に。
　　なんか本当に……。

「涼太、いい人だね」
　私、涼太が浮気相手でよかった。
「なんだよ？　いきなり！」
　おっ、やっぱり照れるとかわいな。
「それで？　琉斗はなんだって？」
　そこ、気になるとこだよね！
「うーん、俺だけの秘密♪」
　んな！
「教えてよっ！　意地悪！」
　そしたら涼太は微笑んで、
「ま、頑張ろーな」
　って私の頭をポンって、なでてきた。
　うわ……。なにその笑顔……。
　超かっこいい。
　それで頭なでるとか反則だし。
　不覚にも、キュンってしてしまった。
「どした？」
　わー！　顔覗き込むなあー！
「な、なんでもない！」
　って顔をそらす。
「えー、なんだよ！　……わっ、顔赤！」
　ぎゃー！　見られた！
「あ、赤くないし？」
　って、とぼけてみる。
「んじゃ、こっち見ろよ？」

う……涼太の意地悪……。
「今は……涼太のほう向きたくない、な♪」
「はーい、♪なんてつけてもダメでーす。こっち見ようか、唯？」
　って頭に手をのせて、私を向かせようとしてくる涼太。
　さっきのポンっていう優しい感じはまったくなくて、身長ちぢむわっ！　ってかんじの力で私の頭を押してくる。
　その手の置き方は好きじゃないぞ。
「やめろ〜！　涼太ー」
　ってふざけてたら、教室のドアが開いた。
　あれ？　早くない？　チャイム前に終わったのかな？
「あ、琉斗。授業終わったかー？」
　ん、琉斗？
「あ、まあ……終わっ」
　琉斗の言葉が途切れて、なにかを見ている。
　視線の先には、私の頭に置かれている涼太の手があった。
「おい、涼太」
「ん？　なに？」
　なんか、心なしか空気が重い？
　まあ、涼太は普通だけど……琉斗、なんか怖いし。
「……ちっ……」
　琉斗が舌打ちをする。
　あ、あれ？
　わわわわ！　私に近づいてきた！
「おい、お前」

「は、はい！」
　すみません、すみません！　お願いだから睨まないでー！怖いッすよ！
　あ、でも私はなにも悪いことはしてないぞ！
「ちょっと来い」
　そう言って私の手を引っ張って、ズカズカ歩いていく。
「え？　ちょっと……。涼太！　バイバーイ！」
　とりあえず、涼太に叫ぶ。
　あ、涼太手振ってる。
　ん？　なんか言ってるみたいだけど聞こえないな……。
　つか、涼太、その顔なに!?
　なんでそんな笑い堪えたような顔してるの？
　なーんかムカつく顔だけど、今は琉斗がどこに行くつもりなのかのほうが、気になるしね！
　ま、いっか。
　というか、琉斗どこ行くつもりなの？

浮気宣言してやります！

「ちょっ、琉斗っ！　どこまで行くの？」
　なかなか足を止めてくれない琉斗に聞く。
　すると急に琉斗は止まった。
　ひと気があまりない西校舎の渡り廊下で。
「わっ、止まるなら言ってよね！　びっくりするじゃん！」
「なあ……」
　あ、無視ですか……。
　本当に琉斗って自分勝手だな、もうっ！
「それ、なんなんだよ」
　は？
　無視したと思ったら、いきなりわけのわからん質問。
「えっと……どういう意味？」
「わかれよ、バカ！」
　バ、バカ？
「あんたね？　人のこと、バカとか言うんじゃないわよ！　バカっていうほうがバカなのよ！　小学校のとき教わらなかったの!?」
　学園の王子様に一気に言い返してやったわっ！
　はー、スッキリした♪
「事実、バカじゃねーか……」
「はい？」
　今、なんと？

「ま、いーわ……」
　なんか、ムカつくけど今はさっきの「それ、なんなんだよ」の意味のほうが気になるからね。
　しょうがないからバカと言われたことはなかったことにしてあげよう。
「で、琉斗は私になに聞きたかったの？」
「はあ……」
　なにさ、そのため息は？
「だから！　そのカッコ、なんなんだよ」
　は？　カッコ？
　ああっ！　そういや私、イメチェン的なのしたんじゃん！
ってことはもしかして！
　私が急にかわいくなったから、ほかの男にそんなの見せんじゃねーよ。的な？
　少女まんがでよくあるやつ！
　初めての嫉妬とか？
　そしたら作戦、大成功じゃん！
　と思っているのとは裏腹に平静をよそおって、
「あー、ちょっと気分転換にね」
　と言った。
「お、前さ……」
　おっ！　来るか来るか？
　って期待してたら……。
「そんな太い足出すんじゃねーよ！　それにその顔とか髪とかうざい。似合ってねーし、今すぐやめろよな」

まったく別の言葉が琉斗の口から出てきた。
　　はい？　今なんと？
　　似合わないと？　うざいと？
　　余計なお世話じゃいっ！
　　なにさ、期待した私がバカみたいじゃないか！
　　と思った私は、悲しさよりも怒りが勝ってしまった。
「べつに……あんたのためにやったんじゃないし！　関係ないでしょ？」
　　ほんっとに、ムカつくーーー‼
　　琉斗のバカ！
「……じゃあ、誰のためにやったんだよ」
　　ってあれ？
　　なんか反論が来るかと思ったのに……来ない？
　　というか……妬いてる？
　　これは！　ついに、今度こそ！　私の時代……到来か？
　　よしっ！
「琉斗、もしかして……妬いてる？」
　　うん！　我ながら、結構かわいく言えたぞ！
「は？　んなわけねーだろ。ついに頭いかれたか？」
　　な、なんだとーーー？
　　私の精一杯のかわいさテクニックなのに！
　　それをどうして、頭いかれたとか言われるんだ！
　　もうこうなったら！
「なんで、彼女にそんなこと言うのさ！」
　　ついに私は、"彼女"という言葉を出した。

まぁ、琉斗には形だけって言われてるけど、少しは効果あるでしょ！
　彼女っていう言葉を強調してみました！
　少しの沈黙後。
「……お前は……形、だけだから」
　はーーー？　まだ言うか！
　私の外見は今、5割増しぐらいでよくなってるはずだし、涼太ともお互いに名前呼びあってんの、琉斗は多分知ってるし、さらに涼太は「唯、もらうぞ……」って言ってくれたんだよね？
　琉斗がどんな反応したのかは知らないけど……。
　これでも、ダメ？　彼女取られるって思っても、焦んないの？
　ねぇ、だったらどうして、別れないの？
「私、形だけなんだよね？」
　私は聞く。
「は……そうだけど」
　琉斗の確認とれたし……。
　よしっ！　だったら私だって言ってやる！
「じゃあ、私がなにしてもいいよね？　形だけなら……。私、今日から浮気するから!!」
　私は彼氏に堂々と浮気宣言しました！

第 3 章

素直になんて。

【琉斗side】
「じゃ、そういうことだから！」
　そう言って去っていくあいつ。
　は……う、わき？
　んだよ、それ……誰と、だよ？
　そんな言葉は、俺の中だけで閉じ込める。
　素直になんて言えるわけねーだろ……。
　なんて思いながら、壁に寄りかかる。
「はあー……」
　さっきのあいつの姿を思い出す。
「マジ、なんなんだよ……」
　今までは、オシャレとかなんもしてなかったあいつなのに……。
　いきなりメイクはするし、髪は巻いてるし、スカート短けーし。
「あんなの……かわいすぎんだよ……」
　今だったら言える言葉。
　似合ってないなんて嘘だ。超、似合ってる……。
　化粧も髪もあいつに合ってる。
　もともとスタイルいいんだから、短いスカートが似合わないわけがない。
「本当、反則だから……」

そんな姿、ほかの男に見せんじゃねーよ。危機感持てよ！
　そんな言葉を言えたらどんなにいいか。
　俺にはそんなこと、できないけど……。
　だから、さっきあいつが涼太に頭触られてるときも、ムカついただけで、なにも言えなかった。
　束縛して嫌われるのが怖くてなにも言えない俺。
　本当、超ヘタレ。
　しかもなんで、いきなり涼太のこと呼びすてなんだよ！
　今までは岩崎くん呼びだったじゃねーか！
　なにがあったんだよ？
　それに、涼太も「唯、もらうぞ」なんて言ってくるし。
　なに、唯とか呼んでんだよ！　くそっ！
　俺だって、呼んだことねーのに……。
　もちろん、涼太に譲るわけねーけど。
　だけど、涼太はあいつが好きなのか？
　あいつは……もしかして、涼太と、浮気するのか？
　涼太のためにかわいくなったとかじゃねーよな？
　本当に……もう意味、わかんねーよ。
　あいつを誰にも渡したくねー。
　あいつの名前を呼びたい。
　なんて素直に言えたら、な。
「……ハハッ……」
　なんて、そんなことできない俺は虚しく笑う。
　確かに、俺はあいつにひどいこと言った。
　形だけだとか、似合ってねーとか、うざいとか。

俺、最悪だよな。本当に付き合ってんのか聞かれても仕方ない。
　でも、あいつだって……さ。
　俺には決して見せない笑顔で涼太に笑いかけるし、俺が違う女といても全然妬かねーし。
「琉斗が浮気してる！」ってあいつが言ってるところも前に聞いたことあるけど、それも本気にしてるわけではなさそうだったし……。
　嫉妬のひとつもないのか？　って、彼女の意識ないんじゃないかって。
　だから今日、あいつがいるの知ってて、ほかの女とキスしそうなところ見せたんだ。
　あ、寸止めしたけどな。
　そしたら……。
「彼女だよね？」
　って聞いてくるから、やっと妬いたのか？　って思って素直に嬉しかった。
　だから、あいつが本気で嫉妬するのももう少しだ！　って思って「形だけだろ？」って言ったのに……。
「バカ野郎ーーー！」
　って言って去っていったあいつ。
　は？　ってなるよな……。
　そんなこと、普通女子が言わねーだろ？
　あいつは本当に普通の女子と違うんだ。
　反応も、態度も。出会ったときから。

ま、そういうとこを好きになったんだけどさ。

＊＊＊

　あいつに初めて会ったのは、俺が告白されていたときだった。
　昼休みの中庭という、学校でも有名な絶好(ぜっこう)の告白スポットで。
「あ、あの……！　黒木くん……そ、の初めて見たときから好きでしたっ！　それで……！」
「あー、俺そういうの興味ないんで。そんじゃ」
　俺は言葉を遮って言った。
　もうこういうことにも慣れてきた俺は、聞くのも返事するのもめんどうになって、適当に答えることにしていた。
　俺の顔しか見てないくせに……俺のこと知らないくせに、好きとか言うなよ。
　とか思っていて、相手の気持ちなんて考えたことなかった。
　この頃の俺は、特にとがってた。
「ふぇ……ひっく……。ひ、ひどいよ……一生懸命言ったのに。ふぇ～ん！」
　泣きながら去っていく女。
　勝手に告ってきてひどいとか言われる覚えねーし。
　あー、イライラするわ。
　女が泣いてることなんて気にもせず、俺も帰ろとした。
　そのとき、俺はある女に話しかけられた。

「いや～あれはないわ～！　あんた、調子乗ってんの?」
「あ?　なんだよ、お前」
　これが俺とあいつの初めての会話だった。
　誰だよ、こいつ。
　つかなんで、文句言われなきゃなんねーんだよ。お前に関係ねーだろ。
　とか、そんなこと思ってた。
「通りすがりのヒロイン、とでも言っておこうか」
　キメ顔で言ってくる女。
　こいつは、アホなのか?
「なに勝手に告白現場見てんだよ」
　俺はアホ女の言葉を無視して言った。
「え～ちょっ……無視、あ、無視な感じですか」
　なんか、こいつ……見てて面白いんだけど。
　普通、女子はみんな俺に媚びてくるのに。変な奴。
　つか、よく見たらこいつ、結構いい顔してる。
　ほかの女みたいにスカート短くしたり、化粧とかはしてないけど……素顔でこの顔とか、かなりかわいい……磨けばもっとかわいくなるのに。
　ってなんだよ、俺。
「ねぇー?　聞ーてまーすかー?」
「っ……!」
　いきなり、こいつが俺の顔を覗いてきたから……びっ、くりした。
「な、なんだよ」

俺は平静をよそおう。
「だーかーらー！　ここ！　通ろうとしたら、たまたま告白現場だっただけだからね！　断じて盗みぎきでは……！」
　は……!?　ああ！　俺の質問の答えか。
「あっそ」
　なんかもう、そんなことどうでもよくなってきた俺は、適当に答える。
「んな！　あんたね、自分から聞いといてそれはないでしょ！」
　１回１回反応がでかいな、こいつ。
　からかってやりたくなる。
「あー、悪い悪い」
　今度はどんな反応するんだろう。
「あーもう！　あんた、さっきから調子乗りすぎ！　ちょっとそこに座りなさい」
　は？　なんなんだよ。
「なんで俺が、お前の言うこと聞かなきゃなんねーんだよ？」
「いいから、はいっ！」
　っと、わ！
　なんか、無理矢理(むりやり)ベンチに座らされたし……。
　さっきから、すっかりこいつのペースなんですけど……。
「ふうー」
　息を吐くこいつ。
「いい？　あんたね、女の子はみんなあんたに惚(ほ)れるとか

思ってんでしょ！　告白されても、あーめんどくせえなーはらへったーとか思ってんでしょ！　相手がどんな気持ちで告白したか、考えたことある？」
「いや、べつに……」
　あながち間違いではないな。
　まぁ、はらへった、とは考えてねーけど。
　だってめんどいしさ……。
「べつにってなにさ？　あっ！　そうだ！」
　いいこと思いついた！　って顔してるな。
　わかりやすいなこいつ。思ってること顔に全部書いてある。
　本当、見てて楽しいんだけど……。
「今から、告白を断る練習しよう！」
　……は？
「なんで俺が、そんなめんどくさいこと……」
　はあー、わかってないなーっとか言ってくる。
　地味にイラッてくんな。
「女の子を傷つけないためだよ！　あ、もちろん、あんたにもメリットあるよ。女の子に泣かれる心配ないし、人気も急上昇するぞ☆」
　やっべ、なんなのこいつ！
　笑うとこだった……あ、っぶね。
　今、語尾に☆が見えたぞ？
　なんなんだよ？
　俺のポーカーフェイス崩す気かよ。
　練習か……めんどいけど、こいつとならいいか。

って俺、なんなんだよ！　なにこいつだからとか、思ってんだよ？
　あ、あれか。俺にズバズバ言う女がいないからだ！　うん。絶対そうだ。
　とひとりで納得していると……。
「でー？　やるのー？」
「やっても、いい……」
「はー？　あんたのためにやるんだからね！　やってもいい、じゃないわよ！」
　なんか、怒ってるし。
「悪い悪い」
「はあ……ま、いーや。早く練習しよう！」
　今度は笑ってる。
　表情コロコロ変わるな。
　あ、やべーわ……なんか、ニヤける……。
　なんだよ、これ。
　こいつに見られたら、絶対なんか言われるな。
「じゃ、私があんたの役やるから、あんたは告白する女の子役やってよ」
　は？　いやいやいや！
　ちょっと待て待て！
「おかしーだろ？　それ！」
　なんで俺が、女役なんだよ??
　性別が違うだろ！
「え？　だって……見本見せないとでしょ？」

なんかもう、こいつの思考回路わかんねー。
　もうどうでもいいや……。
「じゃ、早くやろーぜ」
「おっ！　やる気になった！」
　そりゃ、そうだろ。
　お前になに言ったって聞かないなら、やるしかねーじゃん。
「はいっ！　じゃ、あんた、私に好きです。付き合ってくださいって言ってみ？」
　まあ、そんぐらいなら楽勝だわ。
　えっと……。
「お前が……す、す……」
　ん？　え……。
「す、す……」
　なんで、好きって言えねーんだよ？
　そんぐらい言えるだろ！
　なにやってんだよ、俺。
「もういーや」
　は？
「や、ちょっと待てよ！　お前から言ったんじゃねーか！」
　そう言うと、あいつはため息をついて。
「だってあんた、偽告白すらできないじゃん」
　んなこと！
　あるけど……。
「少しは……わかった？　告白してくれた女の子の気持ち」
　告白してきた女の気持ち……？

そんなん、考えたことねーよ。
　俺が不思議そうな顔をしていると……。
「まだわかんないの？　あんたは嘘ですら、好きって言えないんだよ？　それを……あの子は、告白してきた女の子たちは、勇気を出して本気で好きって伝えたんだよ？　それが……どんなにすごいかって、どんなにドキドキするかって、少しはわかった？」
　言ってくるあいつは真剣だった。
　だけど……。
「そ、んなの……わっかんねーよ！　好きでもねー奴に好きって言われたって、なんて言っていいか……わかんねえんだよ……」
　勇気を出して言われたって、俺にはどうすることもできねーじゃん。
「ただ、好きになってくれてありがとう、でいいんだよ。そう思ってくれるだけで」
　フワッと笑うその顔は、なぜか、俺の鼓動を速くした。
「もう、あんな断わり方しないよーにね？　じゃーね、学園王子様」
　手をヒラヒラ振って去ろうとするあいつ。
　その呼び方……嫌だ……！
　こいつに……こいつにだけは"学園王子"なんて呼ばれたくない……！
　そんな、外面だけで呼ぶんじゃねーよ！
　ちゃんと、俺を見ろよ。

学園王子じゃなく、黒木琉斗として。
「琉斗」
「え？」
　気づいたら、声に出ていた。
「俺の名前！　学園王子じゃねーよ！　黒木琉斗っ！　覚えとけ、アホ女！」
　ぽかーんとして、アホ顔してるあいつ。
　だけど次の瞬間……。
「アホ女？　せっかく私がキメ顔でかっこよく言ったのに！ なんで最後にそんなこと言うの？」
　あー、もったいないっ！　って、いきなり怒りはじめた。
　つか、あれキメ顔だったのか。
「それから私はアホ女じゃないっ！　ちゃんと、池田唯っていうかっわいい〜名前があるの！　そっちこそ覚えとけ、黒木琉斗っ！」
　去っていくあいつ。
　バカみたいにアホなあの女の背中を、ついつい目で追ってしまう。
　池田、唯……か。
　なぜかその名前は、俺の心に残ったんだ。

徹底的にやってやります！

　もうっ！　意味わかんない！
　なんなの琉斗！　ムカつくムカつくムカつく‼
　私はとても今、怒ってるんですよ？
　こうなったら私、徹底的にやるよ！
　もっと涼太とイチャイチャしてやるー！
　それが、琉斗に効果的なのかは微妙だけど……とりあえず！

　次の日、朝いちばんに向かったのは……。
「りょーおーーたーー！」
　涼太に突撃だいっ！
　日直で黒板に今日の時間割を書いていた涼太に、飛びつく。
　まだ授業が始まっていないから、クラスはガヤガヤしていた。
「うぉっ！」
　涼太、変な声だな。
　あ、私が抱きついたからだけどね。
「唯！　いきなりなんなんだよ??」
　ん、まあそうなるよね。
「え？　なんか、涼太に抱きつきたくなっちゃった。えへへ」

とかふざけてみる。
　うん。我ながらキモい。
「は？　唯どうした？　頭壊れた？」
　くそっ！　そんなに変か。
　いいもん！　通常モードにしますよーだ！
「いやあのね、琉斗にキモいと言われた」
　小声で言った。
　なんとなく、そのほうがいい気がして。
　やっぱりクラスのみんなに琉斗が彼女にキモいとか言うひどい人だって思われるの、かわいそうだもんね！
　私、なんて優しいんだろう！
「は？　あいつが、琉斗が……そう、言ったのか？」
「そーですよー」
　それ以外いないでしょ？
「あのやろっ……！　はあ……」
　ん？　なんで涼太がため息つくのさ？
「ったく、本当……バカだ……」
　は？　なんですとっ？
「聞きずてならないっ！　私はバカじゃない！　それは涼太でしょ！」
「お前じゃねーよ！　つか、俺もバカじゃねーよ！」
　あ、なんだ私じゃないのか。
「じゃあいーや」
「切り替え早いな……つか唯っ！」
　え、なに？

「琉斗のこと、こっから本気でやるぞ」
　涼太の顔、真剣だ。
　その言葉に私はニコッとして言う。
「奇遇だね♪　私もこれからめっちゃ涼太とイチャイチャしてやろうと思ってたとこなんだよね」
　そしたら涼太はニヤッと笑って、
「琉斗に見せつけてやる」
　って言った。
「効果あるかわかんないけどね〜」
　本当、琉斗って、なにしたら妬くんだろ？
「じゃ、試してみるか？」
　え？
「そんなことできるの？」
「授業が始まったら、俺の言うとおりにしな」
　ふーん。なにすんだろ？
　なんかちょっと楽しみだわ。
「りょーかいっす☆」
　自然とテンションあがるよね！

　ちなみに今、数学の授業中ですね。
　はーい。お察しのとおりとてつもなーく眠いです。
　やばい……今にも寝そう。
「おい、……唯……っ！」
　あ、涼太〜。なんかするなら早くやろうよ〜！
「いいか？　唯。今から数学の問題わかんないふりして、

俺に近づけ。そしたら俺があとは勝手にやるから」
　涼太に小声で囁かれる。
　先生に聞かれちゃまずいもんね。
　とりあえず私は、涼太に近づけばいいんだよね？
　じゃ、どうせなら……。
「涼太〜。ここ、わかんないんだけど……教えてくれる、かな？」
　はーい。私、かわいく小首かしげてます。
　涼太とイチャイチャするってことは、もうクラスのみんなにもバレてもいいってことだよね？
　だったら、思いっきりやっちゃえ！
「お、おう」
　あ、心なしか涼太の顔が赤い。
　ってことは効果ありっ！
　普通に嬉しい♪
「んで、ここにx代入するんだ。わかったか？」
　って！　なんで涼太は普通に説明してんの？
　これはまだわかんない〜とか言って、涼太に近づくべき？
　とかひとりで葛藤した末。
「うーん。わからん……もっとわかりやすく教えて？」
　と言ってみた。
　で、私の行動は正しかったらしく……。
　涼太は、私を後ろから抱きしめるような形で一緒にペンを持った。
　これはやばいぞ……ドキドキするわ。

「ちょっと涼太さん？　近くないすかね？」
　うん。マジでこれは……私の心臓もたないからね？
「え？　なにが？　俺、勉強教えてるだけだけど？」
　ニヤニヤしてくる涼太。
　か、確信犯め！
　これじゃあ、琉斗どころか私がどうにかなっちゃうぞ！
　あっ、そういや琉斗っ！
「ね、涼太。琉斗どんな顔してる？」
　ちなみに私と涼太は隣の席で、涼太のななめ後ろに琉斗の席がある。
　だから、私の席からは見にくいんだよね。
　というわけで、小声で涼太に聞く。
「あー、ものすごく睨まれてますよ」
　あら、怖い怖い！
　背中ゾクゾクするわっ！
「それは、妬いてるのでしょうか？」
　と、聞いてみるものの……。
「さぁどうでしょーか？」
　うわっ！　はぐらかされた。
　くっそー。涼太め！
「つか、離れろ！」
　離れてくれないから大声出しちゃうよ！
　本当に私の心臓もたないっつーの！
　少しは私の心配もしてほしいものだね、まったく。
「ちょっ、唯……！　だから授業中！」

あ、やばい……またやってしまった！　廊下行き、決定だ。
「おい、池田と岩崎！　うるさいぞ。イチャイチャするなら廊下でやれ！」
　ああ……先生の目が怒りで溢れてますよ……。
　そうですよね。独身のアラフォー先生の目の前でイチャイチャしたらそりゃあ、怒るよね。うらやましいですよね。
　リア充見せつけてしまってすみませんでした。
「はいはい、廊下でイチャイチャしますよ〜」
　とふざけて言ったら、クラスが笑いに包まれた。
　きっとまた、唯がふざけてるくらいにしか思われてないんだろうな。
　だけど、そんな中、笑いを切りさくような声がした。
「先生、俺体調悪いんで保健室行っていいですか？」
　そう、琉斗の声で一瞬にして空気が変わった。
「お、おう。大丈夫か？　黒木……保健委員！　黒木についてけ！」
　琉斗が体調不良なんて、珍(めずら)しいね〜。
　大事にね〜。なんて、のん気に思っていたら、
「唯、お前保健委員だろ？」
　と涼太に言われた。
　え？　……あ。
「うわあああああ！　そうだった！」
　え、私……琉斗についてくの？
　うわ、気まずっ！
　てか琉斗だって嫌なん……。

「ほら、行くぞ」
　ってあれ??　嫌じゃないの??
　なんか琉斗に連れてかれてるし……琉斗本当に体調悪いの？
　元気そうなんだけど……とか言ったら失礼か。
　体調悪いんだもんね。
　じゃあ一応……。
「琉斗、大丈夫？」
　って聞いておく。
　もし本当に体調悪いなら優しくしないとね。
　そしたら急に立ちどまって、
「体調悪いなんて、嘘だから」
　へ？
「はいいぃーーー??」
　おいこらーー！　私の心配返せっ！
「めんどいからサボりたかっただけだし」
　なんなの！　琉斗っ！
　ムカつくわっ！
「じゃあ、私はもう帰る！　じゃーね！」
　って帰ろうとした。
　だけど……。
「お前は俺とサボるんだよ。バカ」
　琉斗に腕を引っ張られました。
　あと、何度も言うけど、私はバカじゃないよ。

琉斗のレア顔見ちゃいます。

　授業中の廊下。当たり前だけど、私と琉斗以外誰もいない。ものすごく静かだ。
　そのとき。
「あの、琉……斗？」
　引っ張られたと思ったら、抱きしめられてるんですが……。
「うっさい、お前は黙っとけ」
　いやいやいや！　おかしいでしょ！
　黙れる状況じゃないから！
　だって、さっきまで散々私のことけなしてきたくせに。
　なのになんで、抱きしめたりするの？
　ねえ、琉斗……。
　なんで、琉斗の心臓、ドキドキしてるの？
　私にはヤキモチ妬かないんだよね？
　形だけの彼女なんだよね？
　今、なにを思ってる？
　琉斗の気持ちが、知りたいよ。
　なにか言ってよ、琉斗。
「調子乗んな、アホ」
　は……アホ!?
　いや、何か言ってとは思ったけど、アホってなにさ！
　はー??
「っわ！」

今度はいきなり体離されたよ!?
　なになに!?
「ぎゃっ！」
　とかひとりで混乱していたら、今度は琉斗は私を壁に押しやった。
　って、これって!?
「壁ドンってやつじゃんか！」
　みなさん！　乙女の夢、壁ドンですよ！
　わーお。本当にこんなことあるんだ。
　マンガや小説だけの世界かと……。
　いやいやでもっ！　琉斗って、こんなことやんなくない？
　いったいどうしたのさ、琉斗？
「お前、うっせーよ。いちいち口に出すんじゃねーよ」
　と言って睨んでくる琉斗。
　壁ドンという胸キュンポイントにもかかわらず、睨む目が鋭いから背筋が凍るわ！
　怖い怖い……！
　多分、彼氏に壁ドンされて怖がる子なんて、滅多にいないんだろうなぁ。
　うん、貴重な体験をしたよ。
　とか思ってる場合じゃなくて。
「り、琉斗……でも、いきなりどうしたの？」
　本当、なんでこんなことすんの？
「お前なに、涼太に媚売ってんの？」
　は？　なに言って……。

「私、涼太に媚売ってないんだけど……涼太にも聞いてみなよ！」
　さっき抱きついてきたのは、涼太だし……。
「じゃあ、さっきのなんだよ！　お前が涼太に近づいたんだろ？」
「なんで私のせいになってんのよ！　べつに、涼太に抱きしめてなんて頼んでないよっ！」
　なんでそんなこと言うのさ！
「べつに……抱きしめられてたなんて言ってねーし。つか、お前なんなの？　……嬉しそうにしやがって……涼太としゃべんじゃねーよ！」
　なんでよ？
　私の行動は全部ダメなの？
「私が嬉しそうにしちゃいけないの？　どうして涼太としゃべっちゃいけないの？」
　納得いかない、理不尽だよ！
「……涼太、涼太うっせーよ……！」
「そんなに涼太、涼太言ってないも、ん??」
　え、えええええ??
　ちょっと……待って、よ。
　なんでよ、なんで私……。
「んん、んんんーー！」
　琉斗にキスされてんのよーー!!!!
　なにがどうして、こうなってんの!?
　私の思考回路、ついていけませんけど！

ってか！
　本当に長い長いっ！　酸欠(さんけつ)になるよ、私！
　必死で琉斗の肩を手で押し返すけど、ビクともしなくて……。
　なに、これ……？
　いつもの余裕そうな琉斗じゃなくて、なんか焦ってる感じがする。
　なんていうか……感情的っていうか。
　強引はいつものことだけど、荒っぽくて、琉斗が琉斗じゃないみたい。
　どうしよう……戸惑っちゃうんだけど。
　琉斗、どうしたの？　ちゃんと、琉斗の言葉で聞きたいよ。
　なんて思うけど、その前にそろそろ本当に腰(こし)が抜けそうなんだけど!!
　そのとき、やっと私の唇(くちびる)を離してくれた。
「っすぅーー！」
　新鮮な空気を思いっきり肺(はい)に送り込む。
「ふぅ……」
　危なかった……酸欠になるとこだった。
「キスのときですら、色気ねーな」
　ん？　なんだって？
　あんたのせいで、こっちは色気どこじゃないんだわ！
「いきなりそっちがしてくるからでしょ！　ていうかなんなの、琉斗っ！　本当に意味がわからないんですけど！」
　私は琉斗に逆壁ドンしてやった。

身長の関係で下からだけど、睨んでやる！
「っ！　べつに……キスに深い意味なんてねーよ」
　顔をそらして言ってくる琉斗。
　は？　意味がない？
　そんなんで私の唇奪われてたまるかっ！
「あのねー、私はあんたと違って、経験豊富じゃないのっ！ 勝手に人のファーストキス奪っといて、意味はない？　ふざけんのも大概にしてよっ！」
　ああ……また怒鳴ってしまった！
　でもこれは私は悪くないっ！
　あいつが悪いんだ！
「キス……初めてだったのか？」
　今度はなんなの？　どうせまた、反省せずにバカにしてくるんでしょ？
「そうよ？　悪い？」
　どうせバカにしてくるなら、開きなおってやる！
「……っ……いや、べつに」
　あれ？　なんも言ってこない？
　なんで？　もっと突っ込まれるかと……。
「あの、琉斗……どうかした？」
　なにも言われないと、逆に調子狂うんですけど……。
「なっ、なんでもねーよ」
　と言って、私の壁ドンをほどいて顔をそらす琉斗。
　うーん、なんか琉斗、変だよ？
　なんか妙に焦ってるというか……。

ん？　あっ！　そういうことか！　焦ってるのか！
　なんでかはよくわかんないけど、でもこれは焦ってる琉斗のレア顔を見られるチャンスなんじゃ？
　これは見たいぞっ！
　と思って琉斗の顔を覗き込む。
「琉斗、なんで焦って……？」
　なんで焦ってるの？　そう聞こうとした。
　だけど……琉斗の顔は、いつものポーカーフェイスが信じられないくらい赤く染まっていた。
　嘘、なにこれ？　なんでこんなに照れてんの？
　しかも、涼太に負けずめちゃめちゃかわいいんだけど……。
「りゅ、うと？」
　私が声をかけると、さらに焦る琉斗。
「なんだよ？　こっち見んなよ」
　もう、いつもどおりの口調にしたってダメだよ？
　だって琉斗が照れてるの、知ってるもん。
「ねぇ。琉斗、なんで顔赤いの〜？」
　私はニヤニヤしながら聞く。
　いつもけなされてるお返ししてやるんだからっ！
「は??　べつに、お前がファーストキスだから嬉しいとかじゃねーからな？　勘違いすんなよ、バカ女っ！」
　へ？　今、なんて？
「じゃ、じゃーな！」
　ヤベッて顔して去っていく琉斗。
　え、ちょっと待ってよ……！

言い逃げされたら、わかんないじゃん！
反応が予想外すぎるんだけど……。
なに、それ……？
私の顔も赤くなっちゃうよ……。
琉斗は私がファーストキスで、嬉しかったってこと？
私、まだ琉斗に期待しててもいいの？

第4章

溢れる思い。

【琉斗side】
「はあー……」
　火照(ほて)ったままの顔でため息をつく。
　なんで、よりによってあんな顔見られんだよ。
　マジでダサすぎるんだけど……。
「なんでだよッ！」
　と、壁を叩(たた)いたところで意味はない。
　あいつは、涼太に抱きしめられたとき、顔赤くして照れてたよな？
　じゃあ、なんで……。
　俺が壁ドンしたって照れないんだよ！
　さっきから涼太涼太って、なんでだよ……俺より涼太のほうがいいのか？
　そう思いはじめたらもう、抑えることはできなくて、俺は、初めてあいつにキスをした。
　あいつの唇は潤(うるお)ってて柔(やわ)らかくて甘かった。
　一度したらなかなかやめられなくて、何度も繰り返してしまった。
　普段言えない言葉を押しつけて。
　そうすれば、ほかの男……涼太も知らないあいつの顔が見られるかと思ったのに……。
　あいつはいつもと変わらず、怒ってきた。

まあ、さ。
　色気ねーとか言う俺も悪いんだけどさ……。
　どうしてあいつといると、甘い雰囲気にならないんだろうか。
　あいつの頭の中にはギャグしかつまってねーのか？
　しかも、あいつはファーストキスだったんだろ？
　だったら、さ。
　ほら……もうちょいかわいい反応とかさ？
　なんで、ファーストキスって聞いた俺のほうが照れてんだよ……。バカみてーじゃん。
　はあ……。
　あいつにそんなの期待したって、無駄だってことはわかってる。
　だけど、やっぱりあいつのかわいい顔とか、照れた顔とか、無邪気な笑顔とか、さ。
　見てーじゃん。
　それで、俺だけのものにしたい……。
「やっべえな……」
　認めたくなかったけど。
　本当に俺、あいつに惚れすぎだろ。
　どうしたら、俺のものになるんだよ？
　頼むから、ほかの男にかわいい顔すんなよ。
　一度、認めたら……そんな思いが溢れてくる。

昼休みになった。
　いつも昼は涼太と食べるのに、涼太といえば……。
　なんであいつと食ってんだよ！
　はあ……なんなんだよ！　いったい……。前からそんなに仲よかったのか？
　俺だってあいつと一緒に昼なんて、食べたことねーのにさ……。
　はあー。しょうがねえ……ひとりで食べるか……。
　と思ったとき。
「く、黒木くんっ！　お、話が……」
　顔を赤くして、俺の名前を呼ぶ女が来た。
　あー、えと確か……。
　えーっと……。
　ダメだ。名前出てこない……。
「じゃあ、場所うつすか」
　だけど、告白だってことはさすがにわかる。
　あいつと付き合ってるってウワサになっても、こういうことは減らなかった。
　だから、だいぶこういう雰囲気にも、慣れた。
　ということで、中庭に来た。
　まだ、昼休みが始まったばかりのせいか人は少ない。
「で、話って？」
「う、えっと……あの」
　まあ告白だってわかってんだけどさ、そういうはっきりしない奴ってイラッとくるんだわ。

「あのっ！　私、黒木くんのことが……好き、なんです！」
　だよな。
　とは言わない。俺はあいつと出会ってから、冷たくならないようにちゃんと、「そっか、ありがとな。でも俺、彼女いるからさ」って言うようにしていた。
　たいていの女は、それで「ありがとう」って言って帰る。
　泣かれるよりはいい、気がする。
　だけどこいつは。
「知ってるよ、池田さんだよね？　でも……池田さん、昨日から岩崎くんと仲いいよね？　だったらさ、黒木くんも私と浮気しちゃおうよ？」
　そんなこと言ってきた。
　上目遣いであやしい笑みを浮かべながら。
　は？
　なんで俺が、お前なんかと浮気しなきゃなんねーんだよ？
　しかもなんだよ。
　最初と態度まったく違うじゃねーかよ。
　こっちが本性かよ。
　べつに上目遣いも似合ってねーし。
　最初からかわいいとも思ってなかったけどな。
「悪いけど、浮気するつもりなんかねーよ」
　そんな裏表があるような奴に、優しくするつもりなんてない。
「でも、池田さん今、フタマタじゃん！　だか……」
「あいつのこと悪く言う奴は許さねぇ。お前は、ただ俺と

付き合ってるあいつがムカつくだけだろ？」
　俺は、さっきよりワンオクターブぐらい低い声で遮った。
　相手を圧倒させるような声で。
「な、なによ！　もういいわよっ！」
　そう言って去っていく女。
　あいつのこと悪く言う奴は許さない。
　だけど、あいつと仲いい奴だって……ムカつく。
　さっきは否定したけど、やっぱり涼太とあいつが心配でたまらない。
　あいつは涼太と浮気なんかしねーよな？
「……唯……」
　初めて呼んだあいつの名前。
　だけどそれはあいつに届かない。
　ふいにお前の名前を呼んでしまうくらい……。
「好きなんだよ……」
　だから、お前も俺を好きだって信じててもいいか？

私に原因あるんですか？

　昼休み。浮気作戦で涼太と一緒にご飯を食べてから、ひとりで席について考える。
　はあー……。
『べつに、お前がファーストキスだから嬉しいとかじゃねーからな？　勘違いすんなよ、バカ女っ！』
　さっきから脳内再生されるこの言葉。
　決して喜ぶような言葉ではないことは、わかってる。
　だけどいつも、似合ってねーとか、色気ねーとか、そんなんばっかだったからさ……。
　いきなり……そんなツンデレみたいな反応されたら、調子狂うんだけど！
　なんかちょっと喜んじゃったじゃん。
　もう、わけわかんないんだけど！
　あーダメだ！
　さっきからこの繰り返しだ。
　このループから抜けだせない。
「はあー……」
　ってため息をついたら、話しかけられた。
「どうかしたのか、唯？　ため息なんて、らしくねーじゃん？」
　あ、涼太だ。
　さっきはなかなか話しだせなかったんだよね。

やっぱり浮気相手として、話しておくべきだよね？
　うん。よしっ！
「涼太〜、聞いてよ〜！」
　私は涼太に琉斗からキスされたことと、さらに琉斗が照れて言った言葉について話した。
　琉斗の声真似もしてね。
「え？　マジで？　琉斗、そんなこと言ったのかよ！」
　あ、やっぱり声真似にはスルーだよね。
　まあ、私もにわかに信じがたいのだが……。
「琉斗、言ったんだよね？」
　そしたら涼太は、なんか考え込むような顔をして言った。
「そうか……」
　え？　そうか……って、それだけ??
　さっきの反応どこいったのさ？
　うーん。なんか微妙だな……。
　こんなもんなのかな？　むしろ、これが普通？
　なんて思ってたら、涼太に話しかけられた。
「なあ、唯」
「ん？　なに？」
「あれ、見てどう思う？」
　涼太は真面目な顔をして言ってきた。
「あれって？　どれ？」
　最近の現代人はあれとかこれとか言うけど、ちゃんと言ってくんないとわかりゃしません！
　私みたいに理解力低いと、大変なんだからね！

「だから、琉斗だよ。……見てどう思う?」
　え?　琉斗?
　涼太の視線の先には、笑ってクラスの女子と話している琉斗がいる。
　うーん。どうって?
「笑ってるな、とか?」
　やっぱり、琉斗が笑ってると少しの違和感。
　私には笑いかけてくれないからなあ……。
「いや、そうじゃなくてさ……」
「え、じゃあなに?」
　事実言ったまでなんですが……。
「だから!　琉斗がほかの女に笑ってるの見てどう思う?って聞いてんだよ!」
　ああ、そういうことか!
　つまり、私はあの子に嫉妬してるか、涼太は聞いてんだよね?
「私にも笑ってほしいとは思うけど……まあ、琉斗が誰に笑いかけるかは自由だから……。私が決めることじゃないと思うな〜」
　でもやっぱりちょっと羨ましいかも、ね。
　だってさ、あんな誰もが見とれちゃうような笑顔、私にも向けてほしいなって思うじゃん。
「はあーー……」
　え、なんでよ。
　なんで、涼太深いため息ついてんの?

「なんか俺、琉斗に同情してきたよ……」
　はい?
「えっ、なんでよ～?　琉斗のどこに同情してるのさ?」
「いやなんかもう、さ……」
　なんか、なに?
「俺、お前にも浮気される原因、ある気がしてきたわ」
　な、なんだって??　そんな……!
「わ、私のどこがダメなの??」
　私に浮気される原因があるって……。
「まあ俺は、お前の性格嫌いじゃないんだけどさ……だけど、琉斗はなぁ……」
「ええ??　私の性格、琉斗嫌いなの?」
　それ、普通にショックだよ!
　16年間ずっとこの性格なのに。
　てゆーか、今更性格のどこを直せばいいかわかんないし……。
「いや、嫌いではないと思う……付き合ってんだし……。だけど、琉斗大変だなーって思っただけ」
　ええー、大変なの?
　本当にわかんないんだけど、涼太はなにが言いたいのさ?
　はっきり言ってくださいっ!

そんなふたりだから。

【涼太side】
　唯はなにが言いたいの？　という目でこっちを見てくる。
　本当、大変だよな……これが彼女とかさ。
　なんか、アホっていうか……鈍いんだよな〜。
　まあ、琉斗が妬いてるのなんて、前からわかってたけど。
　唯が俺に笑いかけるだけで、すっげー睨んできたし。
　だから俺は琉斗が唯に言った言葉には、べつに驚かなかった。
　ああ、ついに本音が少し出ちゃったんだなぐらいに思ってた。
　それにしても……もうちょいほかの言い方あるだろうにさ……。
　本当、不器用すぎるんだよ。昔から。
　その性格のせいで損してるし。
　素直になってやれよ、と思い笑ってしまう。
「え、なになにっ？　なんで笑ったの？」
　あ、そうだ。唯がいたんだった。
「いや。べつに？」
　とでも誤魔化しとく。
「え!?　気になる！　しかも、さっきの言ってる意味わかんないんだけど……」
　そう、琉斗が素直になれない原因は、こいつにもかなり

あると思う。
　本当にあいつのこと好きなのか？　と思うぐらい……まったく妬かない。
　さっきも琉斗がほかの女に笑っても、まあ琉斗の自由だし〜とか言ってさ。
　そういや、最初も浮気されてショックというよりは、仕返し楽しそうって感じだったしな……。
　まあ、それが面白かったから浮気相手やってんだけどさ。あ、あと琉斗の彼女に興味があったから。
　多分、琉斗が浮気しててもあんまり気にしないんだろうな。
　って、これヤバくねーか？
　付き合ってんのに琉斗の片想いってことか？
　ん？　じゃあ、なんで唯は付き合ってんだよ。
　と、とりあえず……。
「唯、お前……琉斗のこと、本当に好きなの？」
　唯に確認。
「え？　今更なに言ってんのさ？　付き合ってんだから当たり前だよ」
　本当かよ……なんか、こいつは恋とかよくわかってないような気がする。
　ま、それは俺もなんだけどさ。
「でも、琉斗のことで妬いたことねーだろ？」
「うーん……妬くこと＝好き、なの？」
　いや、そんな単純ではないと思うけど……。
「好きなら、まったく妬かないってことはないと思う」

あくまで、俺の考えだけど。
　そしたら唯は心配そうな顔して言った。
　すごく弱々しい、不安げな表情。
「私、琉斗のこと好きじゃないのかな？」
　なんだよ。そんな顔もできんじゃねーか。
　今まで笑顔とかアホ顔とか明るい表情は、たくさん見てきた。
　だけど、こういう心配そうっていうか今にも泣きそうな顔を見たのは初めてだった。
　やっと、か。
　少し、恋してる女子って感じになったな。
　こんなこと言ったら絶対、琉斗に殺されるけど……。
　一瞬、泣きそうな唯を抱きしめたいとか思った。
　いや、しないけどな？
　割と、いやかなり、かわいかったからさ。
　つい、な。
　だから、ふっと笑って。
「そうかもな」
　なんて言った。
　ちょっとした俺の意地悪。
「ええ??　どうしよう……」
　って焦る唯。
　こんぐらいいいよな？
　こんなに琉斗と唯に協力してるんだし。
　あのふたり、ちょっとからかいたくなっちまうんだよ。

本当、ふたりとも俺に世話かけすぎだから。
手かかりすぎ。
だけど……そんなふたりだから、見ていてほっとけないんだ。
と思ってまたひとりで微笑む。
「ねー、なんでさっきから涼太はニヤニヤしてるのさ？　なんか怖いんですけど……」
おい、さっきのかわいい唯はどこにいった。
「お前な!?　人がこんなに……！　はあ、もういいや」
なんか説明するの疲れそうだし。
「えっ、なになに？　途中でやめるな！」
って怒ってくる唯を適当にながす。
「あ〜はいはい」
「あ〜はいはい。じゃないよ！　まったくもう……」
うーん。唯にそう言われると、地味にイラッとするな。
と思ってたとき……。
「唯ーー！」
唯を呼ぶ声がした。
「あっ、英里、瑠璃っ！　今行くー！　じゃ、またあとでっ涼太！」
と笑って、宮坂と相葉のところへ去っていく。
「おう！　じゃーな」
と俺も笑って言う。
そのとき、冷たい風が俺に吹きつけた。
「うお！　寒っ」

そうか、もう10月だもんな。
　文化祭の季節だ……。
「そろそろ、か」
　とつぶやく。
　なにかが起こる予感がする。

第 5 章

文化祭の準備です!

　ただ今、ホームルーム中です。
　テーマは、"文化祭"ですっ!
　来ました、来ました!
　１年でいちばん好きな行事♪
　あのクラスで団結する感じっ!　もうすっごくいい!
　今年はなにやるのかな?
「楽しみだな♪」
　バッとクラスのみんなが私のほうを振り向く。
　あっ、ヤバ……ひとり言、声に出てた。
「池田さん、意見どーぞ」
　ああ、委員長に意見聞かれてしまった。
　えーと、議題は……。
「文化祭でのクラス参加について」
　うーん……なにがいいかな?　ん〜。
　あっ、そうだ!
「メイド執事カフェとかどうかな??」
「「はい?」」
　おー、みなさんお揃いで。
「だって、うちのクラスの顔面偏差値、かなり高いと思うんだよね!　女子はメイド服、男子は執事服ってことで。どうかな?」
　絶対みんな似合う!

みんなの意見を待つ。
　教室がガヤガヤしはじめる。
「ま、いーんじゃねーか。ほかに意見もねーしさ」
　そんな中、涼太の声がする。
　わ〜、涼太が賛成してくれた！
「うん……確かにいいかも！　人生で1回はメイド服、着てみたいし！」
「俺もべつにいーよ」
　とみんな次々賛成してくれる。
「じゃあ、みんな。メイド執事カフェでいいですか？」
「「はーい！」」
　やった〜！　私の意見通ったよっ！
　今年は特に楽しい文化祭になりそうだな〜♪
「じゃあ、池田さん。服とかどうするの？」
　あ、そっか。
　服、かあ……。あ……！
「私、心当たりあるから！　服は私に任せて！」
　ドンッと胸を叩く。
「じゃあ、服は池田さんに任せるとして……シフト決めようか」
　多分、服はあの人に頼めば……。
　よしっ！　土曜日に行こう！　たっのしみだな♪
「唯、口、緩んでるぞ」
　と涼太に言われたけど、気にしな〜い♪
「ふふっ！」

「ダメだな、これ」
　あっ、そうだ。
「ねえ、涼太。日曜日空いてる？」
　メイド服は私が合わせるとして、執事服は男子じゃないと試着できないし。
「ん？　空いてるけど……なんかあんの？」
「文化祭の衣装合わせ。執事服のほう、合わせたくて」
「ふーん。ま、いいけどさ。琉斗は？」
　うーん。
「琉斗は、こういうの嫌いそうだからさ……」
　私だって琉斗がこういうの好きなら、一緒に行きたいけどさ……。
　絶対「行くわけねーだろ」とか言われそう。
　言ってるところ想像できるし。
「ま、俺はいいんだけど」
「そっか、よかった！」
　って涼太に笑いかける。
「はあ……それ、俺じゃなくて琉斗に見せてやれよ」
　はい？　どれをですよ？
「見せるものなんて、なくないかい？」
「あー、はいはい。そうだな」
　なんか、最近涼太にはぐらかされること多くない？　なんなのかしら？
　まあ、もういいけど……。
「じゃあ、土曜日。10時に学校前に待ち合わせね！」

話変えちゃえ〜！
「あ、おう！」
　楽しみだな♪

　　　　　　　　　＊＊＊

　そして、土曜日。
　私が待ち合わせ場所の学校に行くと、すでに涼太は来ていた。
「おはよう！　涼太！　って、涼太すごい！」
　涼太はというと、モデルでもつとまるのではないかというぐらいオシャレな着こなしをしていた。
　カジュアルだけど、ちゃんとジャケットを着ていて大人っぽい。
　制服のときもなかなかイケメンだけど、私服だともっとかっこよすぎですか！
　そんなに気取んなくても大丈夫なのになあ……。
　これじゃあ、一緒にいる私が恥ずかしいんだけど！
「はよ、唯。なにがだよ？　つか、なんなんだよ？　その格好！」
　うん。やっぱそう来るよね……。
「えっと……部屋着ですね」
　そう。私はといえばめんどくさくて、結局スウェットで来てしまいました。
「そんなことはわかってんだよ！　お前な、はあー……俺

は付き添いなんだから、ちゃんとしろよな！」
　ううっ……ごもっともで。
　だけどさ、涼太がそんな格好してくるとか、想定外だったんだよ！
　もうちょっと普通な格好かと……。でもまあ、今から行くのは……。
「私の親戚のとこ行くだけだし」
　あの人の会社、学校から近いんだよね～。
「え？　親戚に会うのかよ？」
　え？　まあ、そうだけどさ。
「あー、大丈夫だよ？　涼太を紹介するとかじゃないから」
「んなことわかってるわ！」
　え、あっそうなの？　でもなぁ、あの人めんどくさいんだよなあ……。
　なんて思ったり、涼太と昨日見たテレビの話をしてたらあっという間についた。
「あっ、ついたよ！　涼太！」
　やっぱ近いね。学校から5分くらいかも。
「え、ここ？　って……でかくね？」
　私もそう思う。でかいんだよね。
　都心じゃないのに、いきなりここだけ丸の内にありそうな30階建てくらいのビルだし。目立ってる……。
「えっ、唯ってお嬢様だったりする……？」
　はい？
「あははっ！　なわけないでしょ！　だったら部屋着で外

出たりしないわ、あはっ！」
　なんで私がお嬢様なのよ？
　まあ、事実この会社はでかいんだけどさ〜。
「まあ、確かにそうか……つか唯、そんな笑うなよ！」
　いや、面白かったもんで、つい。
「ごめん、ごめん！　ね、涼太。"Ikeda dress"って会社知ってる？」
「え？　ああ、知ってるよ。パーティードレスとかを売ってる会社だよな？」
　そうそう。実はね〜。
「その会社、私のおじさんが、社長してるんだよね〜♪」
「え、……はあああ??　マジかよ？」
　お〜！
「いいリアクション！　さっすが涼太♪」
「え、いや、だって……え？　マジかよ……」
　驚きすぎだよ〜？　涼太。
「うん。だから、おじさんに今度の文化祭に協力してもらおうと思ったの」
　おじさんの会社は、コスプレ衣装もやってるからね。
　メイド服なんて、きっと余裕であるよ〜！
「お前のおじさんだからって、そんな簡単に貸してくれんのかよ？」
　怪訝（けげん）そうな涼太の顔。
　うふふ♪　こっからが楽しいんだよね。
「まあ、見てなって♪」

と言って、広くて立派なビルのエントランスに足を踏みいれる。
　大量に息を吸い込んで、
「おっじさーーーーん!!」
　受付のお姉さんが、ギョッとした顔をしてこっちを見る。
「ちょっ、唯！　なにやってんだよ？」
　あ、涼太もか。
　うーん……そろそろなはずなんだけどなあ……。
　──ドタドタドタドタドタ!!
　あっ、来た！
「唯ー！　会いたかっ！」
　──ドッターーン！
「えー！　唯、なにやってんだよ！」
　毎度毎度抱きついてくるおじさんを避けたら、倒れちゃった。
　てへ☆
　はい、ごめんなさい。
　というかさ……。
「もういい加減学習してよ！　おじさんっ！」
　もう……おじさん、顔はいいのに、こんなことしてるから結婚できないんだよ！
「え、おじ……おじさん？　この人が??」
　あー、だよね。この人、社長ぽくないもんね……。
　おじさんって、なーんかニコニコしててゆるそうなんだもん。しかも社長のわりに若いし。

「ま、とりあえずここもなんだから、社長室行こ〜」
　と、おじさんの会社を熟知(じゅくち)している私は、勝手に社長室に向かう。
　昔からよく遊びに来てたから、知っている人も多いんだよね。
　だからおじさんの秘書さんも私の顔を覚えていてくれて、部屋着の私にも、お茶とお菓子を出してくれた。
「で、唯。今日の要件……の前に！　そいつは誰だー!!」
　あ、涼太の説明してなかった。ていうか、おじさんテンション高い！
「この人は私の……」
「彼氏じゃないだろうな!?」
　もう！　なんで言おうとしてんのに遮んの！
「違うから、最後までちゃんと聞いて！　この人は、岩崎涼太くん、私のクラスメイト……それで、私の……浮気相手だけど、変な関……」
「は？　うわ、浮気??　唯、大丈夫か？　なんか変な関係なんじゃ……」
　ちっがーーーう！　最後まで話聞いてよ！
「い、いや違います！　わけあって、唯さんと付き合ってるふりしてるだけで……」
　ほら！　涼太も焦ってるし！
「もう、おじさん！　この話はいいから！　お願いだから早く本題に入らせて！」
「お、おう、悪いな。えっと今日はどうした？」

ほー、よかったよかった。
　やっと、本題に入れた。
「文化祭でメイドカフェやることになったんだけど、メイド服と執事服が必要で……。おじさんなら持ってるかなって思って。……両方10着ずつ。ある？」
　よしっ、やっと言えた！
「唯のメイド姿！　見たい！」
　いや。違うでしょ。なんでそうなるの??
「私、着ないし！　で、貸してくれる？」
　そしたら、おじさんはがっくりうなだれた。
　もし着ても見せないし……。
「唯は着ないのか……。まあ、服ならあるけどさ……」
「あるの??　だったら！」
「貸すけどさ……」
　おー！　やった、やった！
「よしっ！　じゃあ、サイズ見て帰ろう、涼太！」
「え、おう！」
　ふう〜やっと帰れるよ。
「え〜？　帰るの？」
　そりゃね。帰る場所があるものですから。
「じゃあ、勝手にサンプルルームから借りてくね！　おじさんありがとう！　行こ、涼太」
　昔はよく、ひとりでお姫様みたいなドレスで遊んでたな〜なんて思い出したりして。
　って、涼太と行こうとしたとき……。

「あ、ちょっと待って。涼太くんと男同士の話がしたい！」
　え、今度は涼太？
　つか、そんなキメ顔で男同士の話とか言わないでよ……。あなた年いくつよ？
　はあ……。
「私はべつにいいけど……涼太さえよければ」
　と涼太のほうを向くと。
「俺は、べつに構いませんよ」
　そーいうことなら、
「了解！　じゃあ、先行ってるね！」
　というわけで私ひとりでいってきまーす。

笑顔の裏に。

【涼太side】
　唯のおじさんは、唯と別れてから俺をじっと見てくる。
　なんなんだ？
　つか、唯の親戚なだけあって、やっぱちょっと変わってる。
　とは言えない。
「涼太くん。君……」
「あっ、はい！」
　急に話しかけられて、びっくりした。
　さっきとは変わって、真剣な顔でこっちを見てる。
　うわ、なんか緊張するわ。
「今度、雑誌でウエディング特集やるんだけど、そのモデルやってみない？　涼太くん、モデルみたいにかっこいいし。唯も一緒に。唯のドレス姿、絶対かわいいし！」
　はい？
　なんだよ……こういうオチかよ！
　緊張して損したじゃねーか！
　つか、唯のこと好きすぎるだろ！
　はあ……。やっぱなんか唯に似てんだよな。
　脳天気なところとか。
「あの、俺そういうのは興味ないんで……それに唯には彼氏いるんで。頼むならそいつに」
　まあ、琉斗もやんなそうだけどな。

「そっか、残念。じゃあ、聞いちゃおっかな。唯の彼氏のこと」

あ、なるほど、こっちが本命……。

最初のは、俺の肩の力を抜くためのものか。

俺をとらえて逃がさない瞳(ひとみ)を俺に向けてくるあたりは、やっぱりこの人は社長なんだと思う。

さっきまで、まったく社長らしくなかったけどな……。

「唯の彼氏は……不器用すぎて、素直になれない、そんな奴です」

「不器用、ね……じゃあさ、なんで涼太くんと唯は浮気? してんの?」

やっぱ、そう来るよな……。

唯のおじさんなら、言ってもいいよな?

「簡単に言えば、唯と唯の彼氏がすれ違ってるのが原因です。あと、その原因なんですけど……」

唯のことも言いたいけど……。唯のおじさんだからな。

そんな俺の気持ちを悟ったのか、

「はっきり言ってくれて構わないよ」

と言ってくれた。

なんか、洞察力(どうさつりょく)とか、さっきとは別人みたいだな。

「唯が、彼氏のこと好きなのかわからないんです」

そしたら、やっぱりな、と笑って言った。

「そうじゃないかな、とは思ってたんだ。ほら、唯って普段直球なのに、自分のことになると消極的になったり鈍かったりするだろ?」

ああ、そう言われれば……。
「確かに、心当たりあります」
　そしたら唯のおじさんはふっと笑って、昔のことを話しはじめた。
「唯って、チョコレートがすごい好きなんだ。だから昔、唯にチョコレートたくさんあげたんだよ。そしたらさ、なんて言ったと思う？」
　えっと……普通に？
「ありがとう、ですか？」
　ハズレって微笑まれる。
「唯の性格からしたらそうだよな。だけどね、『私チョコレートなんか好きじゃないもん！』って言ったんだよ。しかも顔は嬉しさで輝いてんのにだよ？　もうおかしくってさ」
「は、はあ……」
　これはなんか、さっきの話と関係してんのか？
「つまりね、唯は自分の好きなものを好きって自覚してないんだよ。お菓子ですらそうなんだから、今回なんて余計やっかいだろ？」
　ああ……なるほど。
「まあ、やっかいなことにはなってますね……」
「だから、涼太くん」
　真剣な瞳でこっちを見てくる。
「はい、なんですか？」
「これは、唯の叔父としての頼みなんだが……あの子に、本当の気持ちに気づかせてあげてほしいんだ」

それは、社長としての目ではなくて、唯を大切に思ってる唯の叔父さんとしての言葉だった。
　本当に唯は、いろんな人に大切にされてる。
「もちろん、と言いたいところなんですが……俺じゃなくて、唯と唯の彼氏にかかってるんです。だから、俺は……そろそろ、かなり大胆な行動に出ようと思ってます。それがうまくいくとお約束はできませんが、それでもいいですか？」
　俺はそろそろ、唯とのこの作戦の関係も潮時だと思ってる。
「その言葉を聞けて嬉しいよ、ありがとう」
　と心からの優しい微笑みを向けてくれた。
　俺も自然と微笑んでしまう。
「じゃ、俺そろそろ失礼しますね」
　あんまり遅いと唯になんか言われそうだし。
「あっ、涼太くん！」
　出ていこうとしたとき、呼び止められた。
「はい？」
「僕、やっぱり君モデルに向いてると思うんだ。一度やってみないか？」
　は？
「え、あれって俺の肩の力を抜く作戦なんじゃ……」
「え！　いや、違うよ。本当に向いてると思ったんだよ、どうかな？」
　マジかよ……。
　あんだけいい話しといて、最後こういうのとかやめてく

ださい……本当に。だいなし感、すごいんだけど……。
「あ、間に合ってますんで……失礼します!」
「えっ、涼太くん??」
　って強引に出てきてしまった。
　やっぱりああいうところは、唯の血筋を感じる。
　なんかアホっぽいつうか、ストレートにくるっていうか、なんていうか……。
　だけどまあ、唯を大切に思ってるあの言葉は本物なはずだから……。
　俺は、
「あ、涼太!　遅かったね〜!」
　って笑顔の唯に、
「唯、頑張れよ」
　前みたいに「頑張ろうな」、ではなく「頑張れ」って言う。

メロンパンが欲しいんです。

　文化祭前、最後のホームルーム。
　みんなが衣装合わせしてる中。
　涼太に「唯、頑張れ」って言われたことについて考える。
　なんで頑張れ？　というか突然なに？　とか思う。
　深い意味はないのかもしれないけど、なんかすごくひっかかるんだ。
　このところ琉斗とはしゃべっていないから、冷たい態度はとられていないんだけど……。
　それもなかなか寂しい。
「ね〜、唯？　聞いてる？」
　あっ、やばい……今はみんなの衣装合わせ中なのに！
「ごめん、なに？　って、英里かわいい！　すっごい似合ってるよ！」
　いや〜、もともと似合うとは思ってたけど想像以上だわ、これ。猫耳とかつけたくなるわ。
「まあ、私が本気出したらこんなもんよ。当日は荒稼ぎしてやるわ！」
　おおー！　それは頼もしいですな！
「で、唯はなんで着ないのよ？」
　え〜？　うーん……。
「なんとなく、かな？　でも瑠璃も着てなくない？」
「私は料理班だからいいのよ。でも唯は料理できないで

しょ？」
　うう……そんなこと言わんといてくださいな……。
「そうだよ〜！　唯一緒にやろうよ！」
　英里に抱きつかれる。
　うん、あのね。
「正直なところ、着るのが恥ずかしい」
　本当これだけなんだけど……これを言うと。
「じゃあ、なんでメイドカフェにしたのよ??」
　やっぱりそうなるよね……。
　だってさ〜。
「みんなの着てるところ、見たかったんだもん！」
　はい、すいません……ただの自己満ってやつです。
　もう私、お客さんになりたい。
「はあー、そんなことだろうと思ってたけど……」
　だって事実、みんなすっごい似合ってるし！
「まあ、それはそうとして……唯、あれどうにかして？」
　と瑠璃の目線の先には、
「きゃー、琉斗様！　似合いすぎですっ！」
「私の執事様になってください〜」
　などなど……。
　琉斗の執事姿を見て、ほかのクラスの琉斗ファンの子たちが騒いでいる。
　あ、うちのクラスは琉斗ファンが少ないから落ちついてるのか。
　うちのクラスの女子は、9割は彼氏いるんだよね。みん

な生あたたかく琉斗と私を見守ってくれているという……。
　でも、確かに。
「騒ぎたくなる……」
　なんてつい言ってしまうぐらい、ものすごくかっこいい……。
　本当、なんでこんなに執事服が似合うのさ？
　多分あそこまで着こなすの、琉斗ぐらいだわ。
　あ、やば……顔が赤くなるのがわかる。ドキドキしてつい目を奪われてしまうのに、直視できない。
「唯、あんたが騒いでどうすんの？　ってか顔赤くない??」
　だって、だって想定外に、かっこいいから……。あんなに似合うなんて、知らなかったんだもん！
「う、うん。ちょっとファンクラブの子たちには静かにしてもらうから」
　って、ファンクラブの子たちのほうに向かう。
「あ、あの〜、少し静かにしていただけるとありがたいのですが……」
　と言うと……。
「なに？」
　ひぃ！　睨まないで〜！
　よ、よしっ、こうなったら！
「いや、あの今、うちのクラスのホームルームなんで……すいませんっ！」
　――バタンッ！
　うん、ただ教室のドアを閉めただけ。

「はあ～？　なんで閉めるのよ！　……っもう！　行きましょ！」
　ドアの向こうから、怒った声が聞こえる。
　結構言われてるなぁ。恐ろしや～恐ろしや～。
　あ、でも、意外に諦（あきら）めいいのね……助かった！
「おい」
　おいって、琉斗……所帯じみた夫婦じゃないんだからさ。
ていうか、これ私に話しかけてるよね？
「なに？　琉斗」
　うわ、やっぱりかっこいいわ……もう、直視できません！
　ていうか、琉斗、執事服よく着たな……。
　こういうの嫌がりそうなのにね。
「お前さ……涼太とデートしたのか？」
　は？　デート？
　あ！　もしかしておじさんの会社行ったこと？
「それデートじゃないよ。ただコスプレ衣装借りに行っただけだよ」
「……そうか」
　そうかって……琉斗ねぇ、それだけ？
「あの、ほかには？」
「は？　なんか文句あっかよ？」
　あ、すいません。なにもないでございます。
　まあ、いっか。
「なんでもない、あっそうだ。琉斗、その執事服……似合ってる、ね！　じゃ、じゃーね！」

私は走って自分の席の作業に戻る。
　なに自分から言っといて照れてんの？
　なんか、バカみたいじゃん！
　あー、もう！　失敗した。
「……い、なあ、唯ってば！」
　え、ああ！　私か！
「な、なに？　涼太？」
　涼太に話しかけられてたみたいだ。
「お前らさ、これ出たら？」
　と涼太に１枚のチラシを渡された。
　ん？　えーと。
「生徒会、主催。べ、ベストカップルコンテスト～？」
　なにそれ？
「そう。通称ベスコン。唯と琉斗で出たらいーんじゃね？」
　はい？
「あのね、涼太も知ってるでしょ？　琉斗がそういうの嫌いなの。私もべつに好きなわけじゃ……」
「じゃあ賞品がこれだったら？」
　ん？　んん??
『売店より　スペシャルスイーツメロンパン１年分』
　な、なんだって??
「それ、販売１分で完売という、あの幻のメロンパン??」
「それそれ！」
　これは、絶対食べたい!!
「ありがと、涼太！　私ちょっと、琉斗誘ってくる！」

ここは琉斗になんとしてでも出てもらわなくてはっ。

教室を見まわしてもどこにもいない。さっきまでいたのになぁ。

廊下に行ったのかと思って出てみると……。

おっ！　前方に琉斗発見！

「琉斗ーー!!」

琉斗の目の前ピッタリで止まる。

さすが私、ナイス！

「あ？　なんだよ」

もう！　相変わらず冷たいなあ。素っ気ないし。

しかも、なんか不機嫌？　あ、それはいつもか。

気にしててもしょうがない！

「あのね、これ！　一緒に出ない？」

「は？　ベストカップルコンテスト？　お前バカじゃねーの？　こんなの出たいのかよ」

やっぱりそうきた！

「でも琉斗、見て見て！　賞品は……」

「とにかく、俺はこんなのやんねーよ」

遮られてしまった……そんなに、嫌かあ……。

しょうがない。

「わかった、諦める……」

と、とぼとぼ来た道を戻る。

ああ、愛しのメロンパンよ……。

私たちは引きさかれる運命にあるのでしょうか？

いいえ、そんなはずはない（反語）。

決してそんなことはさせない！
　　きっと、あなたを迎えに行くわ！
　　だから、待っていて。
　　私のスペシャルスイーツメロンパン！
「なにやってんだ？　唯」
　　あ、涼太。
　　その怪訝な目、やめてください……。
「私なんか変だった？」
「なんかブツブツ言ってたぞ。つか、琉斗どうだたった？」
　　ブツブツ言ってたのか、私……。
　　あ、そうだ！
「琉斗ね、やっぱり嫌だって。私のかわいメロンパンちゃんが……」
「やっぱりな」
　　え、やっぱり??
「なんでやっぱり??　涼太が出なよって言ったんじゃん！」
　　琉斗が断るって知ってたの？　私、無駄足じゃん！
「だけど、俺はべつに琉斗が出るなんて言ってねーよ」
　　あ、確かに……。
「つか、むしろ琉斗は絶対出ないと思ってたよ」
　　ええ??　なにそれ！
「なんで私にその話持ちかけたの？」
　　そしたら涼太は微笑んで言った。
「俺と唯で出ようと思ってたから」
　　はい？

琉斗と私で出ればいいって言ったの、涼太だよね？
「ど、どういうこと？」
「一応、琉斗が出ないことを確認しないとなって思って。まあ、そろそろ気づいてもらわないと困るんだよ……琉斗も唯も……」
　はい？　私も？
「なにに気づけばいいの？」
「それは自分で気づかないと意味ないだろーが！」
　えー、涼太のケチ！
　まあ、少しでもスペシャルスイーツメロンパンをもらえる可能性があるなら！
「一緒に出よ！　涼太！」
「よしっ、出るからには優勝狙(ねら)うぞ！」
　お〜気が合いますな！
「もっちろん!!　メロンパンちゃんは、私がいただいた！」
「あ、そっちなのか……」
　涼太に呆れられるのももう慣れたもんね〜♪
「いざ、文化祭に全力で挑みます！」
「お前はいつも全力だろ……」

第6章

やってきました、文化祭です！

　今日は待ちに待った文化祭！
　満喫(まんきつ)するぞ！　って意気込んだ私だったのだけど……。
「唯！　次何番テーブル？」
「唯！　チョコとプレーンどっち？」
「おい、池田っ！　オレンジからカルピスに変更だって！」
　私はこのクラスの責任者として、みんなに指示を出してます。
「次のお客様は５番テーブル！」
「えっと……次はチョコ×２のあとでプレーンひとつ！」
「それは私じゃなくて、料理班に言って！」
　ってなわけで、満喫するどころではないんですっ！
　ま、これも文化祭の醍醐味(だいごみ)だよね！
　なぜ午前10時というお昼どきでもない時間に、こんなに混雑しているのかというと……。
「え～私のメアド知りたい？　じゃあこのいっちばん高いメニュー頼んでね～♪」
　なんてかわいく言って売りつける英里や、
「うーん、そうだ！　じゃあ君、かわいいからサービスしとくよ」
　ってチャラ男発言してる涼太のおかげなんだろうな。
　英里と涼太は、こういうの本当に向いてるんだなー。
　やっぱり店員にして正解だった！

私の見立てどおり♪
　まあでも、いちばんの経済効果は……。
「このあと？　まあ暇だからべつにいいけど」
　やっぱり琉斗だろうね。
『学園王子の琉斗様が、執事服着てるんだって』
　てな感じでウワサがウワサを呼んでいるらしく、どんどん人が集まってくる。
　なんか、でも……この感じ久々かも。
　最近涼太といたから忘れてたけど、琉斗はすごくモテるし、やっぱり彼女の私が近くにいても普通に女の子と遊ぶんだね。
　ま、今更それを言っても、ね。
「唯、どうかしたの？」
　あ、瑠璃だ。
「ううん。ただ琉斗が、またほかの女の子と遊ぶ約束してるなーと思って」
「言えばいいじゃない、浮気しないでって」
　えー、だってさ……今更だし。
「なんかそれ言うと、私が妬いてるみたいでムカつくから」
　はあー。とため息をつく瑠璃。
「あんたも案外、素直じゃないんだから……」
　失礼な！　私はいつだって素直ですよーっだ！
　それに……。
「べつに私、妬いてないもん！」
「あー、はいはい。妬いてないね。唯は」

あーもうなんなのさ！　こないだから涼太といい瑠璃といいはぐらかしてばっかだ！
　私をバカにしてるのか！
「じゃ、私は料理班に戻るからね。唯はちゃんと指示出してよ？」
　もう！
「わかってますよー」
　とりあえず今は、クラスのカフェのほうが大切だよね。
　よしっ！　ってもう一度気合い入れなおしたとき。
「やあ、僕のかわいい唯！　元気にしてるー？」
　ん？　あれ？
　今のは幻覚かな？
　やっぱり疲れてるのかも、私。
　って目をこすってみても、
「唯〜？　大丈夫か？」
　見える。
　ねえ、なんでそこにいるの？
「おじさん！」
「ええ！　唯のおじさん??」
　ほらー！　クラスの子にも迷惑かかるし……。
　おじさんが来てもいいことないっ！
「はじめまして。唯の叔父です。ちなみにこの衣装は僕の会社の……」
「とりあえず！　奥に行って！　おじさんっ！」
　って無理矢理、カフェのスタッフルームに連れて行く。

「なんだよ、唯。挨拶ぐらいさせろよなー」
　挨拶ぐらい、じゃない！
　というか、
「どうやってここに来たの??」
「えー？　普通にだけど……池田唯の保護者ですって言って」
　そうか……親戚だから入れるのか。
　チッ。
「おい、唯。今舌打ちしただろ！　僕はそんな子に育てた覚えはないぞ！」
　私もあなたに育てられた覚えはないわっ！
「はあ……で、なにしに来たの？」
「もちろん、唯のメイド姿見に来たんだよ！」
　はい？
「私着ないって言ったよね？　現に着てないでしょ！　わかったら、さっさと帰ってね」
　今日は私も忙しいんだから。
「残念だなぁ……まあでも、せっかく来たんだし、涼太くんにも会っていくよ。涼太くんー？」
　ああもう！　なんであんなに自由人なの！
「涼太くん！　おー、いいね。決まってる」
「あ、お久しぶりです」
　お店のほう行っちゃったし……。
　まあ、せめてもの救いは、やっとお客様が落ち着いて、人が少ないってことだね。

「え、これが唯の叔父さん?? 超イケメンじゃん！ もう唯、なんで紹介してくれないの！ あ、申しおくれました。私、唯の親友の宮坂英里といいます」

　まあ、英里ならおじさんに食いつくとは思ってたけどさ……。

　そんなこと言わなくていいからね??

「唯の親友？ こんな子だけど、仲よくしてやってね。それと、君うちのモデルやらない？ その服すごく似合ってるからさ」

　またか！ 涼太にもモデルやらないかって言ったらしいし、おじさん何人に声かけてるの??

　ほら、涼太も苦笑いしてるし。

「おじさん！ もういい加減やめてね？」

「えーなによ唯。私は全然構いませんよ！」

　英里……そんなこと言ったら、おじさん調子乗るから……。

「おっ！ 嬉しいな。じゃあ後日」

　っておじさんが笑ったとき、背後からものすごく冷たくて恐ろしい気配がした。

　この気配、絶対琉斗だ。

　う、後ろ向けない。

「あ、そうだ！ 涼太くん、唯の……」

　おじさんもその気配に気づいたみたいで、言葉の途中で黙ってしまった。

「あ、君……もしかして、唯の彼氏くん？」

　え、ええ?? 待って待って！

おじさん、なんで私に彼氏いること、知ってるの！
　涼太のほうを見ると、悪いなって顔をされた。
　言ったの、お前かあーーー！
　余計ややこしくなるじゃないか！
　なんて思ってたら。
「そうですけど」
　言い放つ声がした。
　え……あれ？　認めた？
　なんでそんな力強い瞳でおじさんを見てるの？
　私、形だけの彼女じゃないの？
「そっか、よかった。だったら、ちょっと時間くれるかな？」
　あ、おじさんの、獲物を逃がさない瞳だ。
　久々に見たなこれ。
　こうなったらもう、誰も逃げられない。
　さっきの和気あいあいとした空気が一変して、張りつめたものに変わる。
「いいっすよ、べつに」
　お、おじさんと琉斗の対話が実現してしまった……！
　あ、でもこれは……。
「私も同席す……もご……」
　え、ちょ英里、なに??　なんで私の口塞ぐの？
　そしてなんで涼太まで私の手をつかんでるの？
「じゃあここじゃなくて、ほかで話そうか」
　ほらー、おじさんと琉斗、行っちゃうよ！
　私も行かなきゃだよー！

ちょ、涼太も私の手離して！
　あのふたりが話したら、どんな恐ろしいことになるか！
「っふはあ……！」
　英里がやっと手を離してくれた。
「もう！　なにするの、英里も涼太。私、琉斗とおじさん追いかけなきゃ！」
「唯っ！」
「っと、わあ！」
　右手は英里に左手は涼太に引っ張られる。
　私こけるわ！
「これはお前が突っ込む話じゃねーよ」
　真面目な顔して言う涼太。
　えっ、なんで？？
　だって私は関係者だよ！
「私のおじさんと私の彼氏だよ？　私がいないと話せないじゃん！」
　ふたりとも、なんで行かせてくれないの？
「唯がいたら、言いにくいこともあるのよ」
「そーいうこと。お前はここにいろ」
　私がいたら言いにくいの？
　なに、それ？
「なんか私、のけ者にされてる気がするんだけど……」
「ほら、まあ……あれだよ！　男同士の話ってやつだよ！」
　男同士の話、ねえ？
「それにほら！　唯はこのあとベスコン出るんでしょ？

だったら時間的にもね！」
　あ、それもそうだね。いろいろ準備あるし……。
　だったら……。
「まっ、いいや。琉斗のことはおじさんに任せる！」
「「ふうーー……」」
　今、安堵のため息が聞こえたのは気のせいかな？

言葉がたりなくて。

【琉斗side】
　あいつのおじさんとかいう人に言われ、文化祭では開放されていない西校舎の廊下に来た。
　この人、生徒じゃねーけど。
　つかさ、なんで涼太はこの人と知り合いなんだよ。
　ムカつくんだけど。
　まさか、彼氏として親戚に紹介……とかじゃねーよな？
　はあー……本当さ、なんなんだよ。
　俺があいつの言動に、どんだけ振りまわされると思ってんだよ。
「じゃあ、君の名前聞いてもいいかな？」
　誰もいない教室に入って、ふいに聞かれる。
　穏やかな口調とは反対に鋭い目。
　最初から思ってたけど、やっぱり好きになれそうにない。
「……黒木琉斗です」
「琉斗くん、か。君、モテるでしょ？」
　は？　なんだ、突然？
「だって、昔の僕にそっくりだからさ～」
　ふざけてるのか？　この人。
　もう帰っていいか？
「あの、話が特にないなら俺行きますけど」
「なんだよ～琉斗くん。ちょっとぐらい乗ってよ？」

は、はあ。
　そんなこと言われたって……。
「ごめんごめん。ちょっとふざけたくなってね」
　あ、ふざけてる自覚あったのか。
　さっきから聞きたかった言葉を口にする。
「なんで、俺と話したかったんですか？」
　少しの間が空いて、ふっと微笑まれる。
「琉斗くんが……似てたから。昔の僕に」
「え？」
　さっきのふざけた雰囲気とはまったく違う様子に、少し戸惑う。
「いやー、顔もそっくりだし、本当昔の自分を見てるみたいだよ〜」
　は？
　そういうことかよ！
　本気にしてバカみてー。
「というのは半分嘘で、本当」
　どっちだよ??
　もう、なにが本当かわかんねー……。
　つかみどころがなさすぎる。
「あの、冗談とかいらないんで」
「あーごめんごめん。つい、ね」
　本当にこの人、俺と似てたのか？
「それで、どういう意味すか？　似てるって」
　そう言いながら唯のおじさんの顔を見ると、明るい話し

方とは反対に悲しげな表情をしていた。
　……え？
　なんで、突然、そんな切なそうな顔するんだ？
　さっきまでふざけてたじゃねーか……。
「そうだな……自分の思ってることを全然言えないくせに、好きな子には自分だけを見てほしくて……。だけど、拒まれるのが怖くてなにもできない。意気地なしなところかな」
「っな……！」
　意気地なしって、わかっててもやっぱり、他人に言われたらムカつく。
　しかも、かなり当たってるところがまた……。
「当たってるだろ？」
　くそっ！
　その自信ありげな顔で言われると、余計ムカつく！
「まあ、ところどころなら……」
　悔しくてそう言う俺。
「ははっ！　本当素直じゃないね、琉斗くん。……本当、そっくり」
　そっくり？
　てことはこの人も、そうだったってことか？
「琉斗くん。僕はね、意気地なしだったんだ。ちょうど今の君みたいに。言葉をおろそかにして、愛情表現なんてまったくしなくて……好きだなんて言ったこともなかった。そんなの相手だってわかってるって、決めつけて。そしたらさ、『私のこと好きじゃないんでしょ？』って言われたん

だよ。だけどさ、僕は……そのときですら、好きだって言えなかった。そんなこと言えるかよって。あーあ、バカだよね」
　今の俺と、重なる。
　なにもできない、なにも言わない俺と。
「それで、どうしたんですか？」
「あ、僕？　彼女とはそれっきり、なんもないよ」
　目に力がないような、弱々しい微笑み。
　それっきり……。
　俺とあいつもそうなるって言いたいのか？
「なんで俺に、この話したんですか？」
　俺になにを言わせたいんだ？
「言ったじゃん。君と僕が似てたからって……まあそれと、僕たちみたいにはなってほしくなかったから、かな？」
　だったらこれはアドバイスか？
　だけど、たとえそうだとしても……。
「今更なんて言ったらいいか、わからないんですよ」
　もう、なにを言っても変わらない気がする。
「君はさ、一度でも本音をぶつけたことあるの？　ちゃんと言葉で示してきた？」
　あ、怒らせた、と思った。
　声色が、全然違う。冷静に怒ってる。
「なにもしてないくせに、今更とか言うな！　唯がいつまでも、君から離れないとは限らない。欲しいなら全力で行けよ！　まっ正面から向かってけ！　もたもたしてると奪

われるよ？」
　わかってる、頭ではわかってんだよ！
　だけど……！
「どうやったら素直になれるかなんて、わかんねーよ……」
　ずっと、避けてきた。
　自分の思いを伝えるのを。
　言ったら、すべてが壊れてしまうんじゃないかって。
「それはわかるよ、琉斗くん。だけどね、言葉にしなきゃ伝わらないんだ。言葉が足りなくてすれ違ってしまうかもしれないから。まあ僕が言えた義理じゃないんだけど、さ……」
　切なげで悔しそうな顔をしている。
　ああ、この人は今すげー後悔してんのか。
　だからこんなに……。
　言葉、か。俺は間違いなく足りてないよな。
　これじゃ、ダメだ。
「あいつ、今どこにいるかわかりますか？」
　今すぐ、すべて言えるわけではないけど、俺はまだ、なにもしてないから。
「……だったら、琉斗くん急いだほうがいいかもよ？」
　にこりと微笑みながら言われる。
「どういう意味すか？」
　俺が聞くと、携帯画面を見せてくれた。
「唯、ベスコン？　に出てるんだってね。僕に見に来てって。で、相手は……言わなくてもわかるか」

は??　なんだよそれ！
　　くそっ！
　　だから涼太はさっき、「そろそろ、もらうぞ？」なんて言ってきたのか！
　　あれは……そういう意味だったのかよ！
　　なんなんだよ！　もう、意味わかんねー。
　　あいつらカップルじゃねーじゃん。なのにさ……。
　　本当、嫌になる。あいつは涼太のほうがいいのか？　なんて何回思ったかわかんねー。
　　だけど……。
「琉斗くん？　行かないの？」
　　意地悪そうな顔して聞いてくる。
　　なんだよ、俺の答えなんてわかってるくせに。
「行きます」
　　はっきりと言ってやった。
　　たとえ、あいつが涼太がいいって言ったとしても。
　　なあ？　やるわけねーだろ、涼太。
　　確か、ベスコンは特設ステージだったよな？
　　急ぐか……って思って俺が走りだしたとき。
「あ、待って！　琉斗くん……ありがとね」
　　え？
　　俺は、礼を言われるようなことしてはいない。
「ありがとうございました」
　　むしろ、俺が言うべきだ。
　　この人には、大切なことに気づかせてもらったから。

あいつを失う前に気づかせてくれた。
深く頭を下げる。
最初はこんな人、好きになれそうになかったけど……。
今なら、少し……だけ好きになれるかもしれない。と思った瞬間。
「じゃ、琉斗くん！　青春エンジョイしてきな☆」
急にハイテンションになる。
あ、……やっぱり無理かもしれねぇ。
はあ……でもまあ、さっきの話は真剣だったのには間違いないから。
「じゃ、失礼します」
走りだす俺に、
「……青春は一度しかないんだから、さ」
って言っていたのは聞こえないふり。
さっきも思ったけど、やっぱりこの人は……。
ふざけた明るい口調に隠された、切ない思いがあるのかもしれないな。
だったらなおさら、俺は伝えなきゃならない。
あの人の伝えられなかった思いを乗せて。
あいつの元へ、走る。

みなさんラブラブですね。

「わ、私のこと……好き？」
「……す、好きに決まってんだろ」
「わ私も、だよ」
　舞台上でたどたどしくセリフを読む私と涼太。恥ずかしいなんてもんじゃない。
　その言葉に「きゃーーーー！」と盛りあがる会場。
　そして、それに伴い私の顔もさらに赤くなる。
　なんでこんな恥ずかしいことになっているかと言いますと……数十分前にさかのぼる。

「涼太〜、ベスコンって、なにやるんだろうね？　楽しみ！」
「だなー。ゲームとかじゃね？」
「やっぱ、そうかな？　私、ゲームだったら得意なんだけどねー」
　そういえば、私が涼太とベスコンに出るってなったくらいから、私と琉斗が別れたというウワサをよく耳にするようになった。
　琉斗もそのウワサを知ってるはずなのに、否定も肯定もしないのは、どういうことなんだろう？　もう、私のことなんてどうでもいいってことかな？
　本当にこのまま別れちゃうのかな……。
　なんて考えるのは私の心の中だけで、みんなにはウワサ

のことは気にしてないってふうに明るく振るまってる。
　どうにかしてメロンパンが私の物にならないかな〜、とかベスコンのこと自体をのんきに考えてたのも事実。
　だけど、そんなのんきな期待もすぐに裏切られた。
「はい、では参加者の方は舞台上で、これを読んでくださいね」
　私たちを含め、舞台袖にいるカップル10組くらいに紙が配られる。
　その内容を見た私と涼太は……。
「「なななな??　こんなの読めるか！」」
　まったく同じ反応をしてしまいました。
　いや、でも本当にこれはないわ……。
　だって、「かわいすぎだ」とか、「私のほうが好きだもん」とか、そんなどこかの少女マンガのようなセリフだよ??
「私が言えると思ってるのかーー！」
　ってか、こんなのほかのカップルさんたちも恥ずかしいんじゃ……。
「あつくんっ。私たちにぴったりのセリフだね〜」
「セリフじゃなくたって、いつもお前に言ってやるけど？」
「もうっ。そんなのわかってるもん……バカ」
　あ、恥ずかしくないみたいですね。
　もうその会話自体がセリフのようですわ。
　それに、なんていうか……。
「私たち以外、みんなラブラブなんじゃ……」

周りには、ピンクオーラをふりまくイチャイチャしているカップルしかいない。
「だな、逆に俺ら浮いてんぞ」
　なななんだって？
「ええ！　じゃあ、私たちもイチャイチャしないとっ」
　でないと、私のメロンパンが……。
「なんでだよ!?」
　と涼太に突っ込まれたところで、司会者から詳しい説明がされた。
「今から順番に、先ほど渡した台本を舞台上で読んで、ラブラブ度を競っていただきます。ちなみに３つのシーンがあり、後半になるほどラブ度が高くなります。会場の歓声や拍手、私たち審査員の得点の合計で優勝が決まります。では、10分後、１番の方からお願いします」
　ちらっと会場を覗くと、人、人、人でものすごく人数が集まっていた。熱気もすごそう……。
　そんな中での、３シーン……。
　先が思いやられるよ。私、生きて帰れるのかしら？
「あ、唯。おじさんにベスコン見てって連絡入れといてくれたか？」
　あ、それね。
「うん。入れといたけど、なんで涼太はおじさんに見てほしいの？」
　いつの間にそんな仲よくなってたの？　私聞いてないぞ。
「いや、おじさんにっていうか……ま、おじさんに伝えた

らあいつが来ないわけねーしな」
　はあ？
　なんか、話がまったく見えてこないんだけど……。
「涼太はなにを言ってるの？」
「あ？　うん、まあな。……よしっ！　ほら、セリフ練習するぞ」
　うーん。はぐらかされた感あるけど、でもまあ、メロンパン大切だし……。
「よしっ。まだ順番まで時間あるしね！　練習しよ！」
　って言って練習したんだけど……まったくうまくできずに本番を迎えてしまい、今に至っております。

　まあ、練習でできないことを本番でできるはずもなく……。
「ななんだよ、そんな見んな！　バカ……」
「だって、か、かっこいいから……」
　甘いセリフで噛みまくる。
　だけど、その初々しさが逆に受けたようで、
「きゃーー！　かわい〜」
「頑張れーー！」
　など、なぜかたくさんの歓声や拍手をいただき、ふたつ目のシーンまでは割と高得点をもらうことができた。
　多分、琉斗と別れたってウワサがなければ、私きっと今めちゃめちゃ反感かって、こんな高得点とれないんだろうな。そういう意味では、ちょっとだけウワサに感謝かも……。
なんてことも、つい思ってしまう。

そして、ついに３つ目のシーン。
　私と涼太は、舞台袖(そで)で前のカップルが終わるのを待っている。
　すごく甘〜いセリフなのに、まったく恥ずかしがらないカップルさん。
　その顔は笑顔に満ちていて楽しそうで。
「なんか、幸せそうだなあ」
　って思った。
「ん？　そりゃそうだろ。好きな奴と出てるんだから」
　そうだよね。
　これって、カップルが出るんだよね。
　お互いが好きって言って、愛しあってる関係。
　私たちのほうが変なのか。
　はあ……。
「私、申し訳なくなってきた……カップルでもないのにさ」
　メロンパンが欲しいからとか、そんな理由で出てる人なんていないんだろうな。
「なんだよ？　唯らしくねーな。琉斗と出たかったとか？」
　うーん、琉斗かあ……。
　多分……。
「琉斗と出たら、むしろ悲しくなるような気がする……」
　というか、琉斗って「こんなセリフ読めるか」って言って帰りそうだよね……。
「ああ、なんとなく察するわ……琉斗ってセリフでも好きとか言わなそうだもんな」

そういえば私、付き合い始めてから好きって言われてないなあ。
「でももし、言ってくれたら絶対、決まるんだろうな～」
　本当、イケメンってずるい！
「……大丈夫だよ」
　涼太に微笑まれる。
「はい？　なにが??」
　大丈夫ってなにがですか？
　しかも、そんな優しい笑顔で。
「さあ、行くか！」
　はあ……？　もうわけわからんのですが、すっかり涼太ペースなんですけど……。
「ほら、優勝すんだろ？」
　まあ……考えたって仕方ないか。
「よしっ！　行こう！」
　今は全力で優勝目指そう！

第7章

夢じゃないんです。

　最後のシーンのセリフを全力で演じきった私たちは……力尽きました。
　全力で挑むという覚悟はできていたものの、実際やってみると、思った以上に敵は強烈でした。
　舞台袖で倒れ込みました。
　もう、私たちの体力は0に近いです。
　本当に世の中のカップル様を尊敬します。
　とりあえず、白目むいてぶっ倒れている涼太に、生存確認をしなければね……。
「り、涼太……無事？」
「か、かろうじて、無事だぜ。お互い生きててよかったな」
　おお！　涼太、無事でなにより……！
　だけど、涼太も私も相当なダメージを受けてるのには間違いない。
「もう、あんなの、私の黒歴史になっちゃうよ……」
「俺もだ、アホ」
　舞台裏で寝っころがりながら話す。
　まあ、でも。
「これも、いい思い出になるかもだよ……」
　こんなセリフしゃべるなんて、人生で何回もあったら大変だからね……。
「だな！　もう、こんだけやったんだし、優勝しねーとな」

あっそうだよ！　優勝！
　バンッと起きあがる。
「メロンパンだよ！　涼太！」
「本当、お前はブレねーな……」
　メロンパンちゃんのこと考えたら、体力なんて回復だよ！
「では、参加者の皆さん！　結果発表ですので舞台上にお願いします」
　おっ！　グッドタイミング！
　舞台のまん中に司会者が出て来たみたいだ。
「ほら、涼太、行くよ！」
「あー、はいはい……。ったく、回復早すぎんだろ」
　と言いつつ、ちゃんと舞台上に向かう。
　涼太って、なんだかんだいって動くんだから本当にえらいよね。
　舞台上にはたくさんのカップルがいて、みんな手を繋いでそわそわしていた。
　そうだよね……学校イチのカップルとか、一度は憧れるもんね。
　なんか、これで私たちが手繋いでないとかなり浮くね……。
「涼太、手繋いどく？」
「は??　お前の思考回路どうなってんだよ！」
　ええ??　思考回路まで突っ込みますか！
　そんなに理解できないかなあ……。まあ、べつに繋がなくてもいいけどさ。
「ではでは、長らくお待たせいたしましたっ！」

おお！　っと客席から歓声があがる。
　わー、私も緊張するよっ！
「第8回、ベストカップルコンテストの優勝は……！」
　だだだだ、と太鼓の音が流れて、それに伴い客席も盛りあがる。
「6番！　池田、岩崎カップル！　おめでとうございますっ！」
　え？　ん、あれ？
「わ、たし？」
　嘘、でしょ……。
「え、えええええーー！」
　いや、優勝したいとは思ってたよ??　本当にメロンパン欲しかったし！
　でも、本物のカップルさん方差しおいて、本当に優勝しちゃうとか……！
　あ、もしかして夢??
　思って涼太のほっぺをつねると。
「痛いわ！　なにすんだよ、唯！」
「あ、夢じゃないっ！」
　てことは本当に、
「メロンパンゲットだよー！」
　うわ〜嬉しい！　嬉しすぎるよ！
「唯、一旦落ち着こう、な？」
　これが落ち着いていられますか！
「あ、あの〜。そろそろ評価のほうに入らせていただきた

いのですが……」
　あ、やばい。司会者さんの存在忘れてた。
「あ、すみません。お願いします」
　嬉しすぎて言葉が出ない私の代わりに、涼太が言ってくれた。
「優勝の最大の理由は、その初々しさです。自然な愛の言葉に、まだまだ恋の初心者なところがうまく現れていました。それに引き換え、びっくりさせられたのは３回目です！　今までとは打って変わって甘いセリフを素晴らしく読み上げていました。まさにカップルの理想です！」
　おお……！　なんか解説されると照れるね。
　まさにカップルの理想！　っていうのはなんか申し訳ないけど……。
「では、優勝したおふたりにインタビューしたいと思います！」
　ええ??　インタビューとか聞いてないよ！
　なに言えばいいのさ？
「優勝おめでとうございます。今の心境をお聞かせください」
　なにこの、オリンピック優勝者のインタビューみたいな感じ。
「ありがとうございます。率直に嬉しいです」
　涼太も平然としてるし！
　私って順応力ないのかな？
「池田さんは、どうしてこのコンテストに出場しようと思っ

たんですか？」
　わわ、今度は名指しですか??
　あ、でもそれなら答えられる！
「えっと……副賞のメロンパンが、欲しかったからです」
　と、正直に言ったら、一気に会場が笑いに包まれた。
「なんだよそれー！」
「ますます応援したくなるわー！」
　さまざまな言葉が飛びかう。
　応援ですか……こりゃ、実は琉斗と別れてなくて涼太とは浮気中だなんて口が裂けても言えませんね。
「はい、では優勝カップルのおふたりはこちらへ」
　と司会者さんに言われて、涼太と１段高くなっているところに行く。
「ではでは、いよいよトロフィーの授与……の前に毎年恒例のあれ！　今年もやっちゃいますっ??」
　その声を合図に、耳をつんざくような歓声があがる。
　な、なにこれ？　盛りあがり方が尋常じゃないんですけど……。
　というか、毎年恒例のあれって、なに？
　と思って涼太に顔を向けると、涼太も不思議そうな顔をしている。
「あれ？　おふたりは知りませんか？　毎年、優勝したカップルはこの壇上で公開キスをするんですよ！」
　あーあの、毎年恒例のキスね。
　なーんだ、そんなことなら……ん？

「ちょっと待って??　キ、キスーーー??」
「ちょ、俺聞いてねーんだけど!」
　いやいや！　普通に考えて無理でしょ！
　って私たちが反論しても、
「なんだよ、キスなんて減るもんでもねーだろ！」
「そうだよ！　毎年恒例なんだし！」
　文化祭モードのせいか、みんな全然聞きいれてくれない。
　それどころか、
「キース、キース！」
　なんてキスコールまで起こってるし！
　もう、なんでこんなんなってんの??
「ほら、いいじゃないですか！　せっかくの文化祭ですしっ！」
　ああもう……こんなんで、実は付き合ってるふりなんです！　なんて言えるわけないし……。
　涼太と視線が合う。
「とりあえず、寸止めでいいか？」
　涼太に小声で聞かれる。
　うん、だよね……この盛りあがりを抑えるのはそれがいちばんいいよね。
「うん、私もそう思ってた」
　涼太と私の距離が近づいて、涼太の手が私の頭にくる。
　それと同時に「きゃーーー！」だの「もっと、やれー！」だの、そんな声がたくさん聞こえる。
　ああもう、なんでこんな目に……。人のキスなんて見る

もんじゃありません!
　寸止めってわかってても緊張するもん。
　前に琉斗にされたときは一瞬のことすぎて、緊張する時間なんてなかったし。
　琉斗は、私がほかの人とキスしても、なにも思わないのかな……なんて思いながら目を閉じる。
　だんだん涼太が近づいてくるのがわかる。
　あ、やばい。
　心臓がバクバクする。
　息が止まりそうで、呼吸がうまくいかない。
　涼太との距離、残り５センチ。
「……唯」
　涼太に名前を呼ばれて目を開けようとした、本当に、その一瞬。
　私は、右手の手首を引っ張られて、
「え、……ん」
　唇になにか柔らかいものが当たった感覚がした。
　それと同時に「嫌ーーーー!」というたくさんの叫び声。
　けれど、一瞬にして私にはそんな声も聞こえなくなる。
　あ、私知ってる。
　強引で、自分勝手なのに、なぜか嫌いになんて、なれない。
　この感覚を私に与えられるのなんて、世界中どこを探してもたったひとりだけ。
「……琉、斗」
　だって、私とキスしたのは君だけだから……。

私の心臓、ドキドキです!

「琉斗様っ、嫌ーー!」とか「琉斗様、やめてくださいーーーっ」とか「別れたんじゃなかったのー!?」とか、そんな言葉が飛びかう中、執事姿の琉斗は私の右手の手首をつかんだまま、司会者のマイクを奪った。
「こいつは、俺の女だ!……誰であろうと手出す奴は許さねー」
　その圧倒するような声に会場がシーンとしている。
　え、ええええ??
　俺の女??
　ちょちょちょ!
　なにがどうしてこうなったの??
　琉斗って、こんなこと言う人じゃなかったじゃん!
　と私の心の中は大パニックで……。
　その上、
「ほら、行くぞ」
「え、わっ!」
　琉斗に手を引っ張られ、舞台から下りる。
　ええ?? どこに行くの?
　わーもう! こんなことしたら、ウワサと違う! 池田唯はフタマタかけてるサイテー女だ! って言われちゃう!
　半分くらい事実だから、否定もできないし……!
　本当、琉斗はなんでいきなりこんなことしたのかな?

私たち、まだ別れてないって思ってもいいの？
　ねぇ、琉斗……。最近冷たくしたり話してもくれないのに、突然現れてキスしたのはなんで？
　琉斗の表情見えないし、なにも言ってくれないからわからないよ……。
　ただ、琉斗の手は私の手首をぎゅっとつかんで離さない。
　つかまれている手首から琉斗の手の熱が伝わってくる。
　それはとっても力強くて、少し痛いくらいなのに、なんで、心地いいなんて思うんだろう……。
「お前、さ……」
　人気のない西校舎。
　つかんでいた手を離さずに、琉斗は振り向いた。
　その瞳は、なぜかとても切なそうだった。
　琉斗も、こんな目するんだな。
　いつも見てたのは、怒ってたり、睨んでたり、そんな目ばっかだったから……。
　初めて琉斗の弱い部分を見た気がした。
「涼太と、キス……したかったのか？」
　え？
　思いがけない言葉が出てきた。
　いつもは私のことすぐバカにしてくるのに。
　これは、もしかして、本当に、今度の今度こそ……。
「……それって、ヤキモチ？」
　聞いてから、あ、失敗したって思った。
　また絶対、頭いかれたとか、自信過剰女って言われる……。

なんで、私は同じこと繰り返してんの！
　　　私って学習能力ないの??
　　　あーもう私のバカ！　って思ったとき。
「妬いてる……って言ったら、お前はどうすんの？」
　　　予想には反した答えをする琉斗。
　　　え、なにそれ……。
　　　う、そ、いきなり、そんな反応しないでよ。
　　　どうして、いつもみたいにバカにしてこないの？
　　　本当、調子狂うじゃん……。
　　　調子、狂うけど……。
　　　だけど本当は、心の奥では、
「もし、ヤキモチなら……嬉しい、よ」
　　　嬉しいって気持ちが湧いてくるんだ。
　　　ああもう、口に出したら照れるじゃん……。
　　　絶対今、私の顔赤い。
「……っ、くそっ」
　　　え、なんで怒るの??　私、素直になったのに！
　　　もう、さっきからわけわかんないよ！
　　　いきなりキスしてきたり、俺の女だって言ってきたり、琉斗は、なにを考えてるの？
　　　言ってくれなきゃ、わかんないよ……。
「ねえ、琉斗。どうして、私にキスした、っとわっ！」
　　　琉斗に引きよせられて、すっぽりはまる私の体。
「琉、斗？」
　　　琉斗は……私には、妬かないって、形だけの彼女だって

言ったじゃん!
　なのに、なんでよ……。
　なんで、そんな優しい手で抱きしめてくるの?
　なんでそんなに大切そうにしてくれるの?
　そんなことされたら、ドキドキするじゃん。
「なんなんだよ、お前」
　抱きしめられたまま聞かれる私。
　耳元で言ってくるもんだから、もう私の心臓はドッキドキのバックバクで。
　でも、なんなんだよって言われても、私なにかした覚えはないのですが……。
「最近急に化粧したり、涼太とばっか一緒にいてさ、ベスコンだって涼太とで出るし、その上なに? キス? 本当ありえねーだろ。お前は、俺がどんだけお前で……! お前で頭ん中埋まってると思ってんだよ!」
　え、なにそれ……。
　今まで、一度だってそんなこと言ったことなかったじゃん……。
　なんで、よ。
「俺は……お前がこの服似合うって言ってくれて、すっげー嬉しかった。だけど、お前はどうせ、いろんな奴にそう言ってんだろ? っんと、なんなんだよ! なんで、俺じゃなくて、ほかの男に笑いかけんだよ。なに、気安く下の名前呼ばせてんだよ……。授業中にほかの奴とイチャイチャしてんじゃねーよ。……お前は、俺以外見てんじゃねーよ」

ぎゅっと痛いくらいに抱きしめられてる。
　な、なにそれ……。
　自分だってほかの女の子に「琉斗」って呼ばれてるし、イチャイチャだってしてるくせに。
　笑いかけるなとか、名前呼ばれるなとか……俺以外見んな、とか。
　そんなの、琉斗のわがままばっかりだって、ずるいって思うのに、なのに、どうして。
　どうして、嬉しい……なんて、思うの？
　もし、もしもこれが琉斗の本音だったとしたら、今まで睨んできたのも怒ってきたのも、それは、私へのヤキモチってこと？
　ねえ、琉斗。それなら……。
「……琉斗は、私のこと好き？」
　こんなこと聞いちゃったのは、私の頭がこんがらがって。
　今、いるのは琉斗のはずなのに、琉斗じゃないみたいで。
　多分、なにかを期待してしまったから。
　でも、私が、その言葉を言った途端、琉斗の体はパッと私から、離れて、
「今の忘れろ」
　なんて言った。
「え？」
　忘れろ？
「今あったこと、全部」
　私と正反対を向いている琉斗。

な、なにそれ……。
　散々私の心臓ドキドキさせといて、私の頭こんがらかせて、忘れろ？
　わがままにもほどがあるよ。
　こんなこと言われたあとじゃ、いつもみたいにふざけたり、怒ったりなんて、できないよ！
「じゃ、な」
　って去ってく琉斗。
　忘れるなんて、なかったことにするなんて、できるわけないじゃん……。
　忘れてほしいなら、最初からあんなこと言わないでよ。
　なんで私、こんなに苦しくならなきゃいけないの？
「バカ琉斗……」

私、なんか変です。

　文化祭の翌日。
　私は朝からどんよりしている。
　あれから、琉斗のことを考えてみたけど、琉斗の言いたいことなんてまったくわからず、なにが本音なのかも、私の頭では理解不能のまま。
「はあー……」
　私の頭をこんなに悩ませている張本人はというと。
「今日か？　まあ、遊んでやってもいいけど？」
　琉斗様お得意の意地悪笑顔で、女の子のハートを撃ちぬいておりますね。
　もう！　人がこんなに悩んでるというのに……！
　と睨んでも効果はありません。
　それに……なんか、なんていうか気のせいかもしれないけど……あのことがあってから、ますます琉斗はほかの女の子と遊んでるような気がする。
　しかも、今までは迷惑そうにしてたのに、最近は機嫌がいいのか、ほかの女の子に笑いかけてるし……。
　なんなのさ、本当に、もしかして、あれこそ夢だったとか？
　なんて自分で思って悲しくなる。
　ダメだ、私。
　夢になんてできない。

なかったことになんてしたくないんだ……。
「はあー……」
ため息ばっかりだな、私。
「唯、どうかした？　ため息なんかついてさ」
涼太が話しかけてきた。
ん？　涼太？
あ、そういえば！
「ねえ、涼太。あのあと、文化祭のベスコンどうなったの？」
あのあと、どんな騒ぎになったのか、気になってたんだった。
「あ、ああ……すっごい騒ぎだったぜ？　琉斗様琉斗様って、泣きだす子とかもいてさ。あと、唯のこと許さない！って言ってる子とかもいた」
や、やっぱり……。私、あの人たちに見つかったら、殺されてしまう。
学園王子なんだもんね。
それくらい当たり前なのかもしれない。
琉斗のファンってたくさんいるもんなあ……。はぁ。
「で、唯は？　なんか進展あった？」
涼太に聞かれる。
進展、か……。
これは進展って言うのかな？
と思いつつも、こないだあったことを話す。
「へー、ってことは、途中まではかなり妬いてきて抱きしめられたのに、最後では忘れろって言われた。こんな感じ

だよな？」
　まあ、すっごいザックリしてるけど、簡単に言えばそんな感じだよね。
「ずっと考えてるんだけど、私琉斗の本音が全然わからなくて」
　涼太だったら、わかったりするのかな？
　琉斗の本音。
「なんだよ、かなり進展してんじゃねーか」
　え？
　涼太に笑って言われる。
　進展？　私、琉斗の気持ちが全然わからなくなっちゃったんだよ？
　なのに……進展なんて、してるのかな？
「だって唯、琉斗のこと考えるようになっただろ？」
　え？　そんなことで？
「今までだって、琉斗のこと考えたことあったもん」
　ほら、涼太と浮気するときとか、琉斗のことちゃんと考えてたじゃん。
「だったら今まで、何気ない時間とかぼーっとしてる時間に琉斗のこと考えたことあるか？」
　まあ、それは……。
「ないけどさ……」
「だろ？　だったらすげえ進歩だって！」
　うーん。そう言われてもなあ。
「なんか、ピンとこないんだよね……」

果たして私の進歩なのだろうか。
「まあ、そのうち自分で気づくって」
　微笑んでどこかに行ってしまう涼太。
　気づく？　なにに？
　自問自答してみても、答えは返ってこない。
　なんで私って、人の気持ちを理解する能力に欠けているのでしょうか……。
　考え込むと、どんどん悲しくなって頭の中がこんがらがっていくから、気分転換に中庭に行くことにした。
　まだ授業が始まるまで時間あるし。
「っすうーーー」
　わ～、きもちいい！
　新鮮な空気を肺に取り込むと、なんだか気分もスッキリしたような気がする。
「よしっ！」
　なんかよくわかんないけど、スッキリしたから帰ろう！
　そう思って帰ろうとしたら……。
「……いや、です。琉斗様が、好きなんです……！」
　って声が聞こえる。
　琉斗？
　声がしたほうに振り向く。
　あ、まさかの告白現場ですか！
　盗み見るのは申し訳ないと思いつつ、すごく気になってしまい目が離せなかった。
　ほかの女の子が自分の彼氏に告白してるんだもん。やっ

ぱり気になってしまう。
　いや、それにしても琉斗ってモテるね……。
「ふ、え……でも、好きなんです！　琉斗様じゃなきゃ、嫌なんです……！」
　泣きながら言う女の子。
　琉斗じゃなきゃ嫌か……。
　私はそんなふうに琉斗に言ったことないな。
　なんか、申し訳ないかも……。
　って思ってた私をよそに、琉斗は……。
「悪いな……でも、ありがとう」
　って優しい微笑みを向ける。
　な、なにそれ……。
　私にそんな笑顔、見せたことないじゃん。
　そんな、みんなが見とれちゃうような顔。
　私には見せないのに、ほかの女の子には見せるの？
　ドクンと心臓が音をたてる。
　なんで？
　なんで、私にあんなこと言っといて、ほかの子に優しくしてるの？
　なんでそんな優しい顔してるの？
「……っ……」
　ねえ、なんで？
　私は今、苦しいのかな？
　新鮮な空気がうまく私に入ってこないよ……。
　体のまん中に重しが乗ってるみたい。

なに、これ？
　前に浮気現場目撃したときは、確か私……苦しくなんてなくて、ただムカついて。
　ん？　そうだ！　そうだよっ！　それで涼太と浮気しようって思ったんだ！
　だったら……。そうだ！　また、涼太と浮気すれば苦しくなくなる！
　お〜私って天才??
　よしっ！　そうと決まれば、
「涼太ーーーっ！」
　一目散に走るのみです！

「涼太っ！」
　私は涼太に突撃しました。
「うお！　え、なんだよ？　唯」
「ね、涼太っ！　こないだの数学の時間みたいなのやって！」
　は？　って顔する涼太。
「私ね、今琥斗が告白されてるところ見て、なんか苦しくなったの……でね、そこで私は気づいたのです！　また、涼太と浮気すれば苦しくなくなるって！」
　涼太の顔が驚きの表情に変わる。
「唯、お前……」
「ん？」
「い、いや……この前みたいなやつな、りょーかい！」
　私、なにか涼太を驚かせること言ったかなー？　私のが

名案すぎてびっくりした、とか？
　ま、考えても仕方ないし、いいや。
　さあ、琉斗。見てらっしゃい！
　私だって、涼太とイチャイチャしちゃうんだから！
　なんて、意気込んでたら……。
　ちょうど先生が教室に入ってきて、授業が始まった。
　授業開始早々、「唯、やるぞ」って涼太に声をかけられた。
　私は右手の人差し指と親指で丸を作る。
　私はいつだって準備万端だぜ☆
「涼太、ここ教えて？」
「ここは……こうやってやるんだ、わかったか？」
　前回と同じ要領(ようりょう)で教えてくれる涼太。
　この前のとおりだと、「わかんないからもう１回」って聞くんだけど、今回はそれじゃ、つまんないよね？
　と思った私は、
「あ！　わかった！　涼太、ありがとう～」
　前回とは違う反応をしてみた。
　涼太はどうするのかな？
　と思っていたら、涼太に微笑まれた。
「よくできました。そんな唯にご褒美(ほうび)」
　そう言われた次の瞬間……私の前髪がかきあげられて、おでこになにか柔らかいものが当たった。
　う、嘘……。
「い、嫌……！」
「唯？」

反射的に涼太から離れる私。
そんな私に涼太は驚いた顔をする。
え？
「ご、ごめっ！　涼太……」
涼太が嫌いとか、全然そんなんじゃない。
でも、なぜか、気づいたときには体が勝手に動いてて、嫌って言ってしまってた。
なんで、なんで？
このくらい、前は全然平気だったはずなのに。
抱きついても、キスの寸止めだって平気だったのに。
嫌だって、やめてって思うの？
自分から言ったのに、どうしてそんなふうに思うの？
なんで、キスしてくれるのが琉斗だったらって考える自分がいるんだろう……。わけ、わかんない。
「おい、またか〜！　池田、岩崎。お前ら本当、ほかでイチャイチャしろよ〜」
その言葉にクラスのみんなが笑っても、私の気持ちは前とは違くて、涼太とイチャイチャします〜。なんてふざける余裕なんてなくて……。
「はい、気をつけます」
としか言えない私。
ふと、琉斗のほうを振りかえって見ると、私なんて気にもしてない。
ねえ、琉斗。
もう睨んでもくれないくらい、私のことなんてどうでも

いいの？
　おかしいんだ私。琉斗の言葉を聞いてから。
　さっきから琉斗のことばっかりで、ふざけたりできなくなっちゃったよ……。
　もう、わけわかんないよ。いやだよ。
　自分が自分じゃないみたいで、ドキドキとか苦しさとか、いろんな感情がごちゃ混ぜで……言葉になんてできない。
　私、ほかの人の気持ちだけじゃなくて自分の気持ちまでわからなくなっちゃったのかな？
　いくら考えても……。
「わかんないよ……」

第 8 章

久々、お泊まり会です！

　わかんない、そう小さな声でつぶやいた。
　誰にも聞かれてないと思ってたのに……。
「なにがわかんないのー？　ゆーい」
　ニコッとかわい笑顔で、私の顔を覗き込んでくるのは、
「あ……英里、瑠璃」
　大の親友様のおふたりだったみたいです。
　考え事をしていたら、休み時間になっていたみたいだ。
「ね、唯！　明日と明後日、連休だよねっ！」
　え？　ああ、そういえば！
「だから、私の家でお泊まり会しない？」
　え？　瑠璃の家で？
　お〜、行きたい！
　でも、なんか……今は、そういう気分じゃないというか。
　と思って断ろうとすると、
「今回は……」
「唯も、来るよね〜？」
　わ、出た！　たまーに見るえりりんの怖い顔。
　そうなるともう、
「はい！　喜んで行かせていただきます！」
　としか言えないよね……。断ったら、どんなに恐ろしいことになるか……。
　まあ、行きたいのは事実だからいいんだけどさ。

「じゃあ、明日。私の家に10時集合で」

　翌日。
　私は適当に詰め込んだ荷物をもって、瑠璃の家に向かった。
　確か、瑠璃の家行くのは３回目かな？
　やっぱり何度見ても……。
「大きいな……」
　なんでも、瑠璃はどっかの会社の社長令嬢だとか……。
　本当に毎回家の中で迷子になる。
　前回来たときだって、トイレから瑠璃の部屋に帰れず、メイドさんに連れてってもらったんだ。
　今回は気をつけよう！
　なんて思いながらインターフォンを押す。
　──ピンポーン。
「はい」
　あ、よかった！　瑠璃だ！
「私だよ〜、唯です！」
「いらっしゃい。今行くから待ってて？　唯ひとりで私の部屋まで来れないでしょ？」
　はい……ごもっともです。
「お願いします……」
　ってお願いすると、瑠璃はすぐに来てくれた。
「唯、いらっしゃい。英里はもう来てるから、早く行きましょ？」
　あ、英里はもう来てたのね！

「ねえ、瑠璃。瑠璃って家の中で迷ったことないの？」
「え？　なんで自分の家で迷うのよ？」
　ですよね……！
　うーん、でもこんなに広いとなにするにも大変そうだな。
「ほら、ついたわよ？」
「おお～！　広い！」
　本当に何度見ても感動ものだ！
「あっ、唯！　やっと来た！　見て～、瑠璃のベッドふっかふか～」
　と英里のほうを見ると、瑠璃のめちゃくちゃ大きいベッドで転がっていた。
「本当だ！　いいな、私もふかふかベッドで寝たいなっ、瑠璃お嬢様～」
　って瑠璃におねだりしてみると、
「ベッドで寝るのは夜だからね？」
　普通に返されました。
　なんか普通に返されると、心にくるというかなんというか……。
「うーん……」
「なに唸ってるの？　唯」
「ほら、リビングのほうに行きましょう？」
　まっ、いっか！
　今日は思いっきり楽しんじゃおう！
「うん、行こう～！　で、なにするの？」
「ふふふ、ついてからのお楽しみ♪」

珍しくなにか企(たくら)んで笑ってる瑠璃に、私と英里は顔を見あわせる。
　リビングになにがあるんだろ？
　って、リビングにつくと、相変わらずすごい。大理石(だいりせき)の床にシャンデリア、何人座るのってくらい大きなテーブルがどーんとある。
　今日は家族がでかけてるみたいで、私たちしかいない。
「「わーーー！すごっ！」」
　声を揃えて言う私たちの前のテーブルには……。
「こんなに巨大なチョコファウンテン、見たことないよ！」
　そう！　こんなの高級レストランでも見たことないってくらい大きいチョコファウンテンが、流れていた。
　チョコが光に照らされて輝いている。
「よかった。ふたりとも甘いの好きだから喜ぶと思って」
　そう微笑んで言う瑠璃。
「瑠璃〜、ありがとう！」
　って抱きついちゃいました。
「ふふ。さっ、食べましょう！　材料ならいっぱいあるし」
「わーーい！」
「やったね！」
　そう言って、食べてしゃべってを繰りかえすうちに、気づくとお皿は空になっていた。

「わー、もう一生分のチョコ食べたわ」
　ってぐらい食べすぎてもうお腹一杯です……。

「そうね、もう夜ご飯はいらないって言っておくわね」
「それがいい〜。もうお風呂入って瑠璃の部屋でゆっくりしたい〜」
　私も英里に賛成！
「じゃあ、そうしよっか」

「っふう〜、気持ちよかった〜」
　いや〜、瑠璃んちって本当になにもかもがゴージャス！
　バラの花びらが浮かんだお風呂に初めて入ったよ！
「ねー、それにしてもこの家はなんでもでかいね……」
　本当に、迷子になりかけたよ。
「もう、唯はひとり行動しちゃダメだからね？」
「はーーい……」
　って言うのと同時にあくびが出た。
「ふああぁ……なんか眠いなあ、そろそろ寝る？」
　って私が言うと、
「なに言ってんの、唯！　夜はまだまだこれからでしょ！」
　え？　でも英里さんや、私は眠い……。
「むしろ夜こそ、私たちの活動時間！　ガールズトークしよう！」
　マ、マジすか？
　まあ、私もガールズトークとかしたいけどさ……。
「私、眠いんだけど……」
「まあまあ、そんなこと言わないで、ちょっとガールズトークしよう？」

え、瑠璃まで？
「じゃあ、ちょっとだけね？」
「よしっ！」
　そんなこんなで始まったガールズトークです。

はい、ガールズトークです。

　3人でも余裕で寝られるふっかふかの広いベッドに、ゴロゴロ……。

　しゃべり始めると、意外に目が覚めてくる。
「ねえ、そういえば、英里って彼氏いるのよね？」
　あっ！　なんかそんなようなこと言ってたな、英里。
「え？　まあ、いるけどさ……」
　と、ほのかに顔を赤くする英里。
　確か、電車で毎日会っていた他校の人って言ってたよね！　どうしても写真見せてくれないんだよね～。
「えりりんかっわいい～」
　恋する乙女って感じだね！
「うるさい、唯！　……でも、なんか、最近は彼氏がかっこよく見えすぎて、困る……」
　わ、英里がこんなに照れるの珍しいな。
「それならよかったわね、英里。で、英里は彼氏のどんなとこが好きなの？」
　と微笑む瑠璃。
　微笑んでるけど、瑠璃も結構グイグイ聞いてるね。
「う……まあ、なんか、最初は告白されたから付き合ってたんだけど……。だんだん、私だけに見せてくれる笑顔とか、さりげない優しさとか見てるうちに……好きだなって」
　そう、照れくさそうに話す英里は、かわいくて幸せそう

で輝いてて、同時に羨ましいな、なんて。
　同じ彼氏でも、琉斗は、私にはいつだって怒ってくるし笑ってなんてくれない、優しくだってしてはくれない。
　やばい、なんか、考えれば考えるほど……っ……。
「って唯?? どうしたの??」
　あれ？ なんで英里も瑠璃も私を見て驚いてるの？
「なに？ ふたりとも？」
「なにって、唯……泣いてるじゃない」
　え？
　瑠璃の言葉に手を目に当てると……。
「ぬ、れてる？」
　私の、涙？
　私、なんで泣いてるんだろう？
「唯」
　英里にぎゅって抱きしめられる。
　あったかい……。
　なんか緊張の糸が切れたみたいに、それを合図にして涙が溢れてくる。
「う、う……え……な、んで……か、わかん、ないっ、よ」
　私自身、なんでこんなに悲しいのかわからない。
　だけど、涙が溢れて、止まってはくれなくて。
「唯……」
　頭をなでてくれる瑠璃。
　ふたりの優しさがあったかくて、なぜかいつもより心に染みて。

私、なんでこんなに心が弱ってるのかな？
　私なにか、あったのかな……？
「唯、落ち着いた？」
　そう言って微笑んでくれるふたり。
　その顔に安心して、なぜかまた泣きたくなってしまう。
「う、うん……ごめん、いきなり泣きだしたりして」
「なに言ってんの！　そんなの全然いいに決まってんじゃん！」
　英里……。
「それに、今日お泊まり会開いたのは……唯が最近変だったから、話聞こうと思ってたのよ？」
　え？　それ本当に、瑠璃？
「最近の私、変だった？」
　確かにこのところ、ぼーっとすることは多かったけど……。
「そりゃーもう、文化祭のあとあたりから、王子とまったく目を合わせなかったじゃん。そのくせ、無意識のうちに王子のこと目で追ってたし……。しかも昨日、岩崎とのこともおかしかったし」
　ええ??　私、琉斗のこと、目で追ってたの……？
「だから、なにか起こったとしたら文化祭のキスのあとだなって思って、なにがあったのか聞こうと思ってたの」
　文化祭のあと、それはつまり、私と琉斗とのことがあってからだ。
　もし、ふたりに話したら、なにかわかるのかな？
　私がなんで、琉斗の気持ちはもちろん、自分の気持ちさ

えもわからなくなってしまったのか……。
「あのね、ふたりとも。私ね、文化祭のベスコンで琉斗にキスされたあと、抱きしめられて、俺以外見るな、とかほかの男の名前呼ぶなとか言われたの。琉斗が妬いてくれたって、期待して、私のこと好き？　って聞いちゃったの。でもね、そしたらね、琉斗が……今の、忘れろって、なかったことに、しろって……」

　ああ、また……。
　なんでなのかな？
　あのときの琉斗のこと考えると苦しくて、泣きそうになるんだ。
　ん？　あ……もしかして……。
「唯が……泣いてる原因はそれ？」
　私、もしかしたら。
「そう、なのかも……しれない」
　でもなんで、だろう？
　琉斗のこと思い出したら、泣きそうになるのは、どうして？
　苦しくて、心臓がぎゅってなるのはなんで？
「私、あれから……琉斗の気持ちわからなくて。なんで忘れてほしいのにあんなこと私に言ったのか、琉斗が私のことどう思ってるかわからないのに、すごく……知りたくて。それに、ね……最近の琉斗は、前より女の子と仲よくして、笑ってて。そんな琉斗を見て、前はただムカついただけなのに、なんて言うか……苦しくて、うまく呼吸ができなく

なって、自分が、なんで苦しいのかも……わからないの。全然、わかんないの……」
　私、本当にどうしちゃったのかな？
　前はこんなこと、なかったのに。
「唯、それって……」
　英里にも瑠璃にも驚いた顔をされる。
「ん？　なに？」
　そう言った瞬間、
「唯っ、おめでとうっ！」
　英里が勢いよく抱きついてきた。
「え……おめで、とう？」
　なんで、そんなこと言うの、英里？
　私は今、苦しいんだよ？
　って思ったら今度は瑠璃に聞かれる。
「唯はさ、王子に告白されて付き合うことになったとき、最初になんて言ったか覚えてる？」
　最初に琉斗と……？
「お、ぼえてないよ……」
　だって、もうそんなのずうっと前のことだもん。
　そしたら、瑠璃は微笑んで言った。
「私がなんで王子と付き合うの？　って聞いたら、唯はね、『だって高校で彼氏とか憧れだったんだもん！』って言ったのよ？」
　え、私そんなこと、言ってたんだ。
　だけど、私は……。

ぼーっとしてる私に今度は英里が口を開く。
「唯は確かにほかの子みたいに王子のこと、学園王子としては見てなかった。でもね、こんなこと言ったら悪いけど、多分あのときの唯は、誰に告白されても付き合ってたと思うんだ」
　私……あのときだったら、誰とでも付き合ってた？
　違う、……なんか、腑に落ちない。
「ねえ、唯。今は？」
　瑠璃に真剣な瞳を向けられる。
　今、私は……。
　告白されたら誰とでも付き合ってた？
　ううん……違う、今じゃなくても。
「私、琉斗以外とは、付き合いたく……ない」
　もう、琉斗に告白してた女の子に申し訳ないなんて思わない。
　私も、琉斗じゃなきゃ嫌だってことだ。
　気づいちゃったもん。
　ずっと、どこかで押しころしてた。
　私自身も気づかないくらいに小さくして、無理矢理忘れようとしていた思いに。
「ずっと最初から、そう……思ってる」
　だけど今、奥底にあった気持ちが、無意識に隠してきた思いが、湧き出てきて、外に溢れちゃいそう。
「「え？」」
　ふたりに声を揃えて聞き返される。

自分の言葉で口にして、やっとわかったかもしれない。
「私、ずっと琉斗のこと、心の奥底にしまってたんだ」
　でも、多分。こないだのことがあって奥底だけにはしまっておけなくて、溢れちゃって、私の中に琉斗がいるって心が叫んでる。
「だったら、なんで……！　素直に王子が好きだから付き合うって言わないの！　なんで、そんなふざけたような、答え方したの……？」
　だって。
「もし、認めちゃったら……私、それと同時に琉斗のこと好きな女の子にも妬いちゃうもん。嫉妬ばっかのわがまま女に、なりたくないもん……」
　琉斗は、すごくモテるから。
　女の子に囲まれてるところを見ない日なんてないから。
　だったらふざけてる妬かない子のほうがいいじゃん。
「バカ唯っ！」
　パチン、とデコピンされる。
　え！　ちょ、英里??　痛い……。
　ていうか、バ、バカ？
「好きならヤキモチぐらい妬くに決まってんじゃん！　それをわがまま女って思う彼氏がどこにいんのよ！　むしろ、唯はなんでいつも妬かないのか、心配してたんだからね……」
　え、英里？
　私……ヤキモチ妬いても、いいの？

「今の唯は嘘つきでしょ？　本当の気持ち隠してる。それに、妬いちゃダメなんてルール、どこにも存在しないわよ？」
　私が、嘘つき……？
　確かに、気づかないふりしてたのは事実だけど。
　結構心にグサッときます、瑠璃様。
「それに、唯だって岩崎と浮気的なのしてたじゃん。それって、王子に妬いてほしかったんでしょ？」
　うーん……まあそれは。
「本当に楽しそうだったからっていうのもあるんだけど……あと、は琉斗に……好きって言ってほしかった、から……」
　私、英里の言ったとおり、バカかもしれない。
　自分で言っといて、めちゃくちゃ恥ずかしい。
　なんか、私……すごく琉斗好きでしょうがない人みたいじゃん。
「ねえ、唯はさ、どうして好きって言葉にこだわるの？」
　え？
　そんなにこだわってるつもりはなかったんだけど……。
「岩崎と浮気的なのしたときだって、それに文化祭でも王子に私のこと好き？　って聞いたときだって。なにか、理由があるの？」
　り、ゆう？　なんだろう？
　あ、でも、考えられるとしたら、多分。
「琉斗から、たった一度しか好きって言葉を聞いたことないから、かな？」

琉斗から告白されたときの、たった一度だけ。
　それ以来、好きって言われるどころか……バカとかアホとかそんなふうに言われることばかりになって、琉斗がほかの女の子ばかり見るようになって……。
　ああ、そうだ。
　だから私は、私の中の琉斗に蓋をしたんだ。
　私が苦しくならないように。もうこれ以上、琉斗に期待しないようにするために。
「だったらさ、唯は？」
　私？
「唯は、王子に好きって言ったことはあるの？」
　え……？
　考えたこともなかった。
「私が琉斗に、好きって言ったこと？」
　あ。
「ない……かも」
　記憶が曖昧だから微妙だけど……。琉斗と付き合うときに言ったかな？　くらい。
　はあーーっと深いため息をつくふたり。
「唯……あんた結構ひどいね。自分は王子にヤキモチ妬きたくないのに、王子には妬かせたい。さらには好きって言ったこともないのに、好きって言ってほしい？」
　う、うう……。
「唯、それもう振られても文句言えないレベルよ？　こっちのほうがよっぽどわがままじゃない」

た、確かに……私結構ひどいかも。
　あはは……。
「こんな私じゃ、琉斗だって嫌になるよね……」
　もう、笑うしかないわ……。
「「アホ唯子！」」
　ええ??　今度は瑠璃も言ってるし！
　ってか、唯子??　私、唯だけども！
「恋をしたら、少しぐらいわがままになっちゃうの！　そんぐらい、ちょっと言葉で伝えれば済む話でしょーが！」
「そんな唯が嫌なら、とっくに王子だって別れてるわよ？　唯も少し、素直になりなさい」
　英里には怒られたけど、やっぱり優しさがこもってる。
　瑠璃は冷静に私のダメなところを指摘してくれる。
　でも、それでいてあったかいんだ。
　ふたりともなんだかんだ言って、私のことにいつも一生懸命になってくれる。
「ほら、王子が好きって自分の口で言ってみ？」
　そんなふたりの前だから、きっと大丈夫。
　ひとつ呼吸をおいて。
　よしっ！
「私は、琉斗が……好き、なんだ……！」
　う、わっ……！
　違う、全然。
　前にふざけて言ったときとは。
　自分の口で、言葉にした途端。

すごい……！
　私の心の中に新鮮な空気が流れてくる。
　いろんなものがキラキラ輝いて見える。
　世界が色鮮やかになる。
　今まで感じたことも、見たこともない世界。
　口に出してしまったら、もうあと戻りなんてできない。
「唯の奥底にあった、曖昧に漂ってた気持ちが」
「やっと、本物の恋心になったね！」
　そう言って自分のことのように喜んでくれるふたりがいる。
「瑠璃、英里。ふたりともありがとう！　大好き！」
　だから私はもう、好きって気持ちを、隠したりしない。
　大切な気持ちを忘れたりなんて、しない。

第 9 章

自分の気持ちに気づいたんです。

　お泊まり会の翌日。
　私は、ある決意を胸に学校に来た。
　その決意っていうのは……。
「ええ??　王子に告白するーー??」
　英里の驚く声に、私は頷く。
　人通りが少ない廊下で話してるから、誰かに聞かれる心配もない。
「でも、いきなりどうして？　それに、付き合ってるんだから告白までしなくてもいいじゃない……」
　たしかに、付き合ってる……けど、だけど。
「今まで、全然自分の気持ち、言ってこなかったから……。ちゃんと琉斗に好きって言いたいの。好きって伝えて、初めからもう１回……恋人同士になりたいんだ……！」
　だから私は、今日、人生初めて自分から告白をする。
「いや、相変わらず唯の行動力はすごいわ……」
「本当に。昨日気づいたと思ったら、いきなり告白って……」
　そんなに驚くことかなあ？
　だって。
「思い立ったが吉日って言うじゃん！　だから、こういうのは早いほうがいいでしょ？」
　私の言葉に頭を悩ますふたり。
「なんでも早いほうがいいってわけでもないと思うけど……。

まあ、唯がいいならいいけどさ……今更、なに言っても聞かないだろうし」
　さすがふたりともわかってるっ☆
　ってふざけるのもやめにしよう……。
　ちょっと、本気モードでね。
「ふたりがそうやっていつも私の味方でいてくれるから、私は……勇気が出るんだ。これでいいんだって思えるんだよ？　本当に、いつもありがとう」
　心の底からそう思う。
　私が悪いときは、ちゃんとダメだって言ってくれる。
　落ち込んでたら、一緒に悲しんでくれる。
　嬉しかったら、自分のことのように喜んでくれる。
　そんな友達、探したってなかなかいないよ。
「唯がこんなにお礼言うなんて、明日は雨が降るんじゃないかしら？」
　な……！
　人がせっかく感動的なセリフを言ったのに!?
　と思ったけど、ふたりともすごく優しく微笑んで私を見ていてくれた。きっと私の思いは伝わってる。
　やっぱり、ふたりが大好きだ。
「唯なら大丈夫。だって私たちが大好きな唯だもん」
　ニカッて笑ってくれる英里に、自然と元気になれる。
「もし、王子に泣かされたら、学園王子だろうがなんだろうが私がぶっ倒してやるわよ」
　瑠璃……。

嬉しいけど、それはさすがにかわいそうだ。
　瑠璃、柔道強いからな～。
　なんて思いながら、ふたりと目を合わせる。
「いってきます」
　そう笑って。
「「いってらっしゃい！」」
　背中を押して、力をくれる。
　次にふたりに会うときは、笑って、ただいま！　って言いたいな。
　そんな思いを胸に琉斗の元へ向かう。

　クラスに入ると、琉斗のまわりには相変わらず女の子がたくさん集まってる。
　やっぱり、琉斗はモテるね。
　わかってたはずなのに、ちょっとだけ心が痛いな、って。
　だけど、言葉にしなきゃなにも変わらないから。
　瑠璃と英里の顔を思いうかべる。それだけで勇気がでる。
　よしっ！
「琉斗……話がある」
　まわりの女の子たちから、怖い視線を向けられる。
　そ、そんなのに怯まない、もんっ！
「話って、なんの？」
　不機嫌そうな顔……。
　そんなに女の子たちと一緒にいたかったのかな。
　う、ああ～！　ダメだ私！

思考がネガティブになってる！
　　ああ、もう！
「いいから、ほらっ！」
　　ネガティブ思考を振りはらうように琉斗の手をつかんで、グイグイ引っ張ってく。
「え、琉斗様〜」
　　まわりの女の子が慌てても、今の私には構う余裕なんてない。
　　ただ、どうやって琉斗に思いを伝えようか……私の頭はそれで一杯。
　　ほかのことを気にかける余裕なんてないんだ。
　　琉斗のことをグイグイ引っ張っていくと、人が少ない西校舎まで来た。
「お前っ、どこ行くつもりなんだよ……！」
　　と言われたと同時に手を振りほどかれる。
「ねえ、琉斗」
　　琉斗の目を見て笑っても、そらされる。
　　ねえ……そんなに、嫌なの？
　　私の顔見るのも、しゃべるのも。
　　だったらさ、
「今から私が言うことに、はっきり答えて？」
　　もし、私のこと好きじゃないって言うなら……。
　　そしたら、文化祭のとき言われたように、忘れる努力する。
　　でも、私はまだ、琉斗からなにも聞いてないから。
　　なんであんなこと言ったのか、わからないから。

今は、自分の気持ちから、逃げないよ。
「なんだよ、お前の言いたいことって」
　すぅーっと深呼吸をする。
　本当に不思議だね。
　付き合ってるはずなのに、今ものすごく、心臓がバクバクしてる。
　意識してないと、足元がふらつきそうだよ。
「琉斗は、なんで文化祭のときに私のこと抱きしめたの？　あんな言葉言ったの？　なのに、どうして……忘れてなんて言ったの？」
　まずは、この答えが知りたい。
　きちんと、琉斗の言葉で。
「っ、それはっ……！」
　髪をぐしゃっとさせて、イライラしてる。
　答えてくれない、ね。
　だったら、私の気持ちを聞いてもらおう。
　たとえ、琉斗の気持ちが私になくても。
「私は、あのとき嬉しかった……！　私のこと好きでいてくれてるんだって、期待してた。だけど、琉斗はさ……そのあとから前よりほかの女の子たちと楽しそうにしてて、告白された女の子に優しくしてたよね？　ねえ、なんでよっ、私、彼女だよね？　そのことに、私がっ、……妬いてないとでも思ってた？」
　どんどんでてくる醜い感情。
　好きって気持ちは、純粋な気持ちだけじゃないんだ。

嫉妬とか、そういう醜い感情だって、私の中にはある。
　好きって気持ちを認めたら、溢れてきちゃうの……。
　たとえ、その思いを伝えて琉斗に嫌われたとしても、もう、消したりなんてできない。
　ただ純粋でキレイな"好き"だけではいられないの……！
「私だって、琉斗に優しくしてほしいの……！　笑って、ほしい、よ。私に好きって言って、よ……琉斗っ、！　私は……琉斗が、好き、なの……！」
　言ってしまった。
　本当に、もうあと戻りなんてできない。

隠してきた本音。

【琉斗side】
　目の前にいるのは、本当にあいつなのだろうか？
　なにしても照れない、妬かないあいつが、今にも泣きそうで。
　苦しそうなくせに、強い瞳で、俺をとらえて逃がさない。
「私だって、琉斗に優しくしてほしいの……！　笑って、ほしい、よ。私に好きって言って、よ……琉斗っ！」
　どういう、ことだよ。
　優しくしてほしいって、笑ってほしいって。
　好きって言えって。
　そんなこと、今まで1回も言ったことないじゃねーか！
　なのに今更、なんなんだよ。
　今更、なにを言われたって……。
「私は……琉斗が、好き、なの……！」
　……っ、！
　ああ、ダメだ。今更とか理由つけて、離れようと思ってたのに。
「……え？」
　体が言うこと聞かねーわ。
「りゅう、と？」
　体がこいつを抱きしめてしまう。
　理屈じゃなく、全身がこいつが愛おしいって叫んでる。

だって……。
「やっと、かよ……」
　やっと、お前から、
「好きって言ったな」
　俺がどんなにお前から、その言葉を奪いたかったと思ってんだよ。
「琉斗は、こんなわがまま女、嫌？」
　そんな、不安そうな表情……。
　本当、ずるいわ。計算かよ。
　俺は、毎回妬かされてきたってのに。
　こいつの言動ひとつひとつに惑わされるのに。
　さっきの笑顔だって、そうだ。
　かわいすぎて、顔をそらさずにはいられなかった。
　お前は俺がどんだけお前に振り回されるか、知らないんだろ？
　だったら、教えてやるよ。
　今までどんだけ俺が妬いてたか。
「俺は……お前がただほかの奴に笑うだけでイラついた。涼太とイチャイチャしたら赤くなるくせに、俺のときはまったく焦らないのにイラついた。お前が……ほかの男とデートしたり、オシャレするのにイラッとしてた。ベスコンのときだって……涼太とイチャイチャシーンやりやがったし、涼太とキスしたいのかって聞いたら否定しねーし、ったく、なんなんだよ、お前って思ってた」
　ずっと、抑え込んできたんだ。こいつへの愛しい思いを。

ほかの男、涼太への嫉妬心を。
　もうこれ以上、我慢なんてできるかよ。
「う、そ……だったらなんで！　なんで、私に忘れろ、なんて言ったの……？　ほかの子とイチャイチャしたの？」
　こいつの手が、俺の制服の裾をぎゅっと握ってくる。
　いつもはそんなことしないから、余計……かわいい。
「……っ、好きって言ったら……認めたら、俺は本当にもうお前への嫉妬で……おかしくなりそうだった。ほかの奴と過ごせばそれも紛れるかと思ってたのに、まったく効果なんてなかった」
　これが……俺の、本音。
　重いって言われるかもしんねーけど、もう、抑えらんねーんだよ。
「頼むから、これ以上妬かせんな……いい加減、俺だけのものになれよ。俺に本気になってくれよ。お前の気持ち、100％よこせ」
　ぎゅっと抱きしめる手に力を入れる。
　ずっと、ずっと隠してた。
　すごく、大切にしたかった。
　束縛彼氏って思われたくなかった。
　けどもう、
「お前は誰にも渡さねーよ！」
　ほかの奴に、涼太になんか、渡してたまるか。
　もう、なんと言われようが絶対離してやんねーよ。
「本当に琉斗、だよね……？　なんで、そんなに今日はしゃ

べるの？　甘い言葉をたくさん言ってくれるの？」
　はあ？
　俺じゃなかったら誰だよ！
　つか、お前が言わせてんだろ！
　自覚ねーのかよ。
　なあ、俺が好きなんだよな？
　だったら、
「もう1回言えよ。俺が好きだって。そしたら、教えてやるよ」
　なんで、わかんねーかな、これが俺の本音だって。
「ずっと隠してきた。忘れてしまうぐらい心の奥のほうにしまってた。だけど、琉斗が好き、なの……。いつも琉斗のまわりにいる子より好きな自信だってあるよ？　だから、琉斗の本音が知りたい、よ……」
　控えめに見上げて言ってくるこいつから目が離せない。
　お前こそ、なんで今日はこんなにかわいいんだよ？
　とは、言えるはずがない。
「お前バカかよ？」
「……なっ！」
　そんな言葉で誤魔化す。
「今のが俺の本音だっつーの。いつだって、思ってた。お前を渡したくねーって。俺だけのものになればいいって。俺は、お前以外いらねーよ……！　ほかの奴にどんなに好かれてようが、お前に嫌われたら、意味ねーんだよ！」
　やっと、言えた。

やっと伝えられた。
「お前に、嫌いって言われたら、俺は立ちなおれねー。ずっとそれが怖くて、なにも言えない超ヘタレ。だけど、さ」
　俺は抱きしめる手を離して、目を合わせる。
　まともに目を合わせたのなんて、いつぶりだろうか？
　俺もこいつも、瞳をそらそうとしない。
「お前が、……好きで、仕方ないんだよ」
「ほん、とに……？」
　今にも泣きだしそうな顔をするこいつ。まじでかわいい。
「嘘つく理由なんてねーだろ？」
　そう言って、笑いかける。
「琉斗が、笑った？」
　は？
「俺だって、普通に笑うし」
　なんでびっくりされなきゃなんねーんだよ。
「だ、だって！　琉斗はいつも私には怒ってばっかじゃんっ！　ほかの子には優しくして、微笑んでるのに！　それが、どんなに悲しかったか……。っ、あーっも～、なんかムカついてきた！　琉斗のバカ！　私のこと好きならもっと優しくしてくれたっていーじゃんっ！」
　はあー？　黙って聞いてりゃ好き勝手言いやがって！
「お前だって、散々涼太とイチャイチャして浮気してたくせに人のこと言えねーだろ！　ったく、なんなんだよ！　お前だって俺のこと好きなら、少しぐらい照れた顔見せろよ!?」

つか、さっきまで切なめの甘い雰囲気だったのに、なんでいきなりこんな口論になってんだよ！
　態度変わりすぎだろ……。
　もう、わけわかんねー。
「だって、琉斗に妬いてほしかったんだもんっ！　涼太と浮気したら、ヤキモチ妬いてくれるかなって思ったの！」
　恋人っぽい、甘い雰囲気ではないけど。
　それでも。
「バーカ、そんなことしなくたって、妬いてたし……」
「え……なにそれ、……そんなの、照れるじゃんっ」
　切なかったり、笑ったり、ふざけたりと思ったらいきなり照れたり、ころころ変わるお前の表情が、お前の瞳が、俺に、俺だけに向けられてる。
　今はそれだけで、すっげえ、幸せだって思えるから。

感謝してもしきれないです。

　初めて知った琉斗の本音に、泣きそうなくらい嬉しくてドキドキして、幸せで。
　夢なんじゃないかと思った。
　でも、ぎゅうっと抱きしめてくれる、その力強さに、あったかさに、夢じゃないってわかるよ。
　思いが通じるって、こんなに素敵なことなんだね。
　心がふわーって光で満たされてくみたい。
　なんて、思いながらも。
「っ、あーっも～、なんかムカついてきた！　琉斗のバカ！　私のこと好きなら、もっと優しくしてくれたっていーじゃんっ！」
　ついこんなこと言ったのは、本音が半分でもう半分はいつもの照れ隠し。
　やっぱり、面と向かって琉斗に素直になるのは少し照れる。
「お前だって、散々涼太とイチャイチャして浮気してたくせに人のこと言えねーだろ！　ったく、なんなんだよ！」
　そしてやっぱり、口論になりますね。
　今回は完璧に私が悪いんだけどさ……。
　でもね、前みたいに琉斗の気持ちわからないわけじゃないから、不安にならない。琉斗が不器用なだけだってわかったから。
　もう悲しい気持ちになんてならないよ？

むしろ、幸せかもしれない……。
「なあ、お前」
　琉斗がなにか言いかけたとき。
　──キーンコーンカーンコーン。
　1時間目開始のチャイムが鳴った。
　ん？　チャイム？
「うわわわわー！」
　いきなり叫びだす私に琉斗もびっくりする。
「はっ？　なんだよ、いきなり？」
「1時間目、始まっちゃうーっ！」
「あ？　1時間目？　いーじゃねーか。今日ぐらいサボれば」
　これだから、成績いい人は……。
「私は琉斗みたいに頭よくないんだからねっ！　それに授業態度もあんまりよくないから、ちゃんと授業に出ないと単位落としちゃうのー！」
　てなわけで！
「っと、おい??」
　琉斗の手を引っ張って、廊下を全力疾走中ですっ！
　よい子はマネしちゃダメだぞ☆
「ちょっ、お前……足速く、ねーか!?」
　え？　ああ……。
　そうだね、琉斗が息切れるくらいだもんね。
「まあ、そこそこ速いかも……」
　毎朝遅刻ギリギリだからきたえられているっていう、自

慢できない理由があるから、あんまり言いたくないんだけど……。
「そこそこっ……はぁ……じゃ、ねー」
　そう突っ込まれたところで教室についた。
　まだ先生が来ていませんように！
　そう願って教室のドアを開けると。
「って、自習かいっ！」
　黒板に大きな文字で自習、と書いてあった。
「まあ、よかったじゃねーか」
　と言って、繋いでいた手を離し、自分の席に向かう琉斗。
　安心したような残念なような……複雑だな。
　ていうか私、琉斗と手、繋いでたんだ……。まだ琉斗の手のぬくもりが残っている。ふへへ、あったかいや。
　なんて思ってたとき。
「ゆーいっ！」
　ニコニコ笑ってる英里と瑠璃が、私に手を振ってる。
　そんなふたりを見て、私も自然と笑顔になる。
「英里、瑠璃っ！」
　そして、そんなふたりにぎゅっと抱きつく。
「その様子じゃ、心配いらないみたいね」
　瑠璃が背中をなでてくれる。
「本当に、ありがとう、ふたりのおかげだよ！　背中を押してくれて、ありがとう」
　本当に、感謝の言葉しか出てこない。
「私たちはたいしたことしてないよ？　最終的に決めるの

は唯。どんな言葉で伝えるかだって唯しだいだもん」
　ううん、違うよ。たいしたことだよ。
「私が決めることができたのだって、伝えることができたのだって、ふたりの優しさがあったからだよ？」
　それにどんなに勇気づけられたか、どんなに安心したか。
　言葉じゃ表せないくらい感謝してるよ。
「ふふ、そんなこと言われると照れるわね。ありがとう。唯、王子とうまくいってよかったわね」
「私も唯が嬉しいなら嬉しいよっ！　今度王子とのラブラブ話聞かせてよ？」
　やっぱりふたりは、世界で一番の親友だね。
「大好きだよ！」
　そう言うと、英里が抱きついてくる。
「うふふ〜知ってるよ」
　おお！　英里、私に似てきた!?
「それに、唯。私たちよりもっと感謝するべき人がいるんじゃないの？」
　ん？　瑠璃、なに言って……。
「あ」
　いるじゃん、私がもっとも感謝するべき人。
「……涼太、だね」
「うん。行っといで」
　そうだよ。ちゃんと、言わなきゃ。
　そう心に決めて、真剣に勉強している涼太のほうへ向かう。
「あの、さ。涼太」

私の声に、勉強する手を止めてくれる。
「唯、なんかあったか？」
　ニカッと笑ってくれる涼太に、どれほど支えられたかわからない。
「うん……涼太……」
「あ〜、待った！　廊下で話そうか？」
　こうやって、大切なこと話すときにはいつだって察してくれる。
　クラスがガヤガヤしてるから、涼太とふたりで廊下に出ても多分誰も気づいてない。琉斗と英里と瑠璃以外。
　琉斗のほうを見ると、やっぱり怒りと不安がまじったような表情をしていた。
　「大丈夫だから」って琉斗に笑いかけると、口パクで「行ってこい」って言われる。
　多分……私の予想が合ってればの話だけど……。
　そして、廊下に出た。
「涼太、あのね……琉斗とちゃんと話せた。素直に、なれたよ」
　驚いた顔をするけど、すぐに笑ってくれる涼太。
「そっか、よかったな。じゃあ、もう俺は必要ねーな？」
『もっと感謝するべき人がいるんじゃないの？』
　瑠璃の言葉がよみがえる。
　ちゃんと、言葉にしないとね。
「私、涼太がいなかったら、多分自分の気持ちに気づいてなかった。曖昧で不安なままだったの……！　琉斗だって

そう、涼太が私と浮気してくれなかったら、きっと妬いてなんてくれなかった……。私に好きって言ってくれなかった！　だから、だから……。涼太には、感謝してもしきれない、よっ。いつも、私のわがまま聞いてくれて、ありがとう！」
　涼太に、どうやったらこの気持ちが伝わるんだろう……。
　もっと言いたいことがあるのに、言葉になって出てこない。
　そんな私に涼太は笑ってくれる。
「お前はさ、最初は琉斗のこと本当に好きなのか？　って思うぐらい妬かないし、笑っちまうぐらいアホなときだってあった。そんな唯と琉斗を俺はほっとくことができなかった。お前はいつだって全力で一生懸命だったよ。俺の知ってる唯はよく笑ってるんだ。お前には、絶対笑顔が似合う。輝いててまわりも明るくなる。俺が言うんだ、間違いねーよ。だから、自信もてよ？」
　もう、涼太。
　そんな言葉、やめてよ……。
　嬉しすぎて、泣いちゃうじゃん。
　涼太だから、ほかの誰でもない涼太に言ってもらえる言葉だから、最高に嬉しいんだ。
「りょ、うたっ！　ありがとう！　私、こんな言葉しか言えないけど、涼太のこと大切だって、これだけは自信もって言えるよっ！」
　涼太に返せるものなんて、なにもないけど。
　涼太は、私にたくさんのことを気づかせてくれたから。

だから、
「唯……っ、さんきゅーな！　俺も、結構楽しかったしっ！　もし、また琉斗に泣かされそうになったらいつでも来いよ」
　私の素直な気持ちを伝えたい。
「涼太の優しさが、笑顔が、涼太が大好き」
　もちろん、琉斗とは別の意味だけど。
　それでも今の私の気持ちを最大限に表せる言葉。
「はあ……友達として、な？　ありがたくもらっとく」
　少し困ったように笑う涼太。
「うん！　もらっといて！」
「お前なあ！　誰にでもそんなこと言うんじゃねーぞ？」
　んな!?
「誰にでもなんて言わないもん！　大切な人にだけだもん！」
　そこはちゃんと勘違いしないでいただきたいね！
「はいはい……あっ、そうだ。お前のおじさんにメアド教えてから、モデルやってくれってうるさいんだけど……今度琉斗とふたりで行ってやれよ」
　また、おじさんか！
　あ。
「それ、もしかしたら私がおじさんのアドレス、拒否してるからかもしれない……」
　毎日毎日、唯愛してるとか送ってくるから怖くてね。
「おい！　お前のおじさんだろ??」
　は、はい。ですよね。
　しかし、それで涼太に迷惑がかかってるとなると……。

「迷惑メールに登録したのは解除しとくわ……」
「そーしてくれ」
　そう、げんなりして言う涼太に私は笑いかける。
「本当に、ありがとね。もし、涼太に好きな女の子ができたら、そのときは私は全力で応援するっ！」
「じゃ、ばいばい！」
　私ができる今、精一杯の笑顔を涼太に向けて、教室に入る。
　その直前に見えたのは、涼太の嬉しそうなのにどこか切なそうな顔。
「涼太、ありがとう」
　教室のドアに寄りかかって、もう一度つぶやく。

第10章

電話のかけすぎにご注意ください。

　涼太に言われて、おじさんのメアドを迷惑メールの登録から解除したら、その途端……今までに見たこともないような件数の通知が来ました。
　いや、本当に恐ろしいです。
　これは過保護っていうより、もはやストーカーだよね。
　いつか警察にストーカー被害届提出しようかしら。
　なんて考えてたら。
　──ブーブー。
　私のスマホに電話がかかってきました。
「はい、池田です」
『おっ！　僕だよ、僕』
　ん？　僕？
　あ、あれか。
　これは最近流行りのオレオレ詐欺ならぬ、ボクボク詐欺ですか。
「番号お間違えになってますよ」
　お金なんて持ってないから、私にかけても仕方ないのにね。
　犯人は間抜けだね。
『ちょ、唯〜。僕だよ！　君のおじさん！』
　え、ええ！　なんだって??
　だったらなおさら……。
「もう一度番号をお確かめください」

『えっちょ！ 唯??』
　という声を聞きながらも電話を切った。
　いや、なんで切ったのかって聞かれると、理由はないんだけどさ……。
　なんていうか、条件反射？　っていうのかな？
　なんかもう自然と体がね……。
　防衛本能が働いてるんですね。
　って、あれ？　またかかってきた。
　また切ってもいいけど、出ないと何回もかかってくるしなあ……。
　あ、１回出てから、かけてくるなー！　って言えばいいのか！
　よしっ！
「はい、池田です」
『ちょっと、唯。ひどいじゃないか!?』
「おじさん！　あんまり電話かけてくると、今度は着信拒否にしちゃうからね！」
　うん、もうこれで大丈夫でしょ！
　さっ、切ろ切ろ。
『わー！　唯、ごめんって！　でも今回は本当に頼み事なんだって！』
　あ、いつもはふざけてたって自覚あったのね……。
　これからは態度を改めていただきたい。
　まあ、おじさんの必死さが本当っぽいから聞いてあげるくらい、いいけど……。

「頼み事？　なーに？　手短に頼める？」
『さすが、僕の唯！　あのね、今度の日曜日、僕の会社に来てほしいんだ』
　いろいろ聞きたいこともあるけど、とりあえず、いい加減、その僕の唯とかやめてほしいわ。
『モデルの子ふたり呼んでたんだけど、ドタキャンされちゃって……その子達の代わりやってくんないかな？　頼む！』
　あ〜、モデルかあ……。
　まあ、日曜日まであと数日しかないから、もうほかのモデルさんに頼めないんだろうね。
　でもなあ……。
『頼むっ！　この通りだ！　もう、唯だけが頼りなんだよー！』
　おじさんには文化祭のときの借りがあるから、やってあげてもいいんだけど……。
　どうも、モデルって好きじゃないんだよね。
　う〜ん……。
「ごめん、おじさん。私には無理だ」
『え、……ん〜、よしっ！　わかった！　唯の好きなcheers cafeのケーキ食べ放題券あげる！　これでどう??』
　cheers cafe、だと??　それは……！
　な〜んてね♪
　ふっふっふ、そんなんで私が釣られると思ったら大間違いだぞ！
　私を甘く見るなよ、おじさん！

ははははは！
「日曜日、行かせていただきます」
『やったね！　じゃ、日曜日！　あ、もうひとり、男の子連れてきてね』
　ガチャンと切れる電話。
　言ってしまってからの後悔。
　私はアホですか。
　なに、釣られてんじゃい！
　はあー……いくら食べ放題の券が欲しいからって、釣られるとか、小学生かいな……。
　悔しいーー！
　もう！　こうなったら、一杯食べてやるーー！
　っていうか、さっきおじさん男の子連れてきてねって言ってたよね？
　私てっきり女友達でいいのかと思ってたけど、違うのか……。
　どうしよう。
　琉斗ってこういうの来てくれるかな？
　嫌いそうだよね、モデルとか。
　あっ、私が上目遣いとかやったら琉斗来てくれるかも！
　いや……。
　多分違うわ、土下座レベルのことしないとだよ。
　と、とりあえず、明日までに策を練って、琉斗にお願いしてみよう！

はあー。
　結局あれからなにも思いつかず、考えるのもめんどくさくなってきたので、もう普通に琉斗に言うことにしました！
「琉斗、おはよっ！」
　とりあえず気合いは十分。
「……はよ」
　やっぱり琉斗は私のほうをあんまり見てはくれないんだけど、これは照れてるだけだって最近わかりました。
　なんか、本当にツンデレっていうか、不器用だよね〜。
　あっ、本題本題。
「あのね、琉斗っ！　今度の日曜日。おじさんのとこにモデルとして一緒に来てほしいの！　お願い！」
　って手を合わせて頭を下げる。
「まあ、べつにいいけど……」
「だよね！　私も本当はやなんだけどさ！　でも、そこをなんとか！　琉斗しか……ってあれ？」
　ん、べつにいいけど？
　え、ええ！
「マジすか！」
　琉斗を説得する方法を考える必要なかったね。
「だから、べつにいいけど……」
　うっそ！　やったーーー！
「琉斗っ、ありがとう！」
　嬉しくって飛びあがっちゃうね！
　私、今ニッコニコだよ！

「……っ、だったら、お前、俺の言うこと聞けよ」
　わお！　そうきましたか。
　お主も策士やのぉ。
　まあ、べつに。
「いいよ？」
　琉斗の言うことだから、そんな突拍子もないこと言わないだろうし。
「お前、今日の放課後っ、空けとけ！　絶対だぞっ！」
　な、なんか迫力すごいんですが……。
　もしかして今日、なんかの記念日??
「わ、わかった」
「じゃ、じゃーな」
　って去っていく琉斗。
　でもね、迫力とは対照的にめちゃめちゃ顔が赤くなってる琉斗がかわいい。
　なんて思ったのは私だけの秘密。
　多分言ったら絶対怒られるよね？
「っ、ふふ……」
　けど、口元押さえても、にやけちゃう。
　私だけが知ってる、琉斗のかわいいレア顔があるってことに。
　琉斗をひとりじめできちゃうってことに。
　これが彼女の特権ってやつなのかな？
　もしそうだったら、嬉しいな。

特別って嬉しいですね！

　放課後になって、だんだんと人も帰っていく。
　琉斗に空けとけ！　って言われたから、もしかして今日は琉斗の誕生日??　って思って情報通の英里に確認したところ、琉斗の誕生日ではないみたいです。
　ひと安心だね。さすがに彼氏の誕生日忘れるのはひどいからね……。
　まあ、記念日ではないってことかな？
　というかさ。
「りゅーとさーん？　どーこですかー？」
　クラスの子がいなくなっても琉斗が来ない。
　声を出してみてもシーンとしていて虚しい。
　暇、ですな。
　と、思ってその辺の机に座って待ってる。
　誰かが閉め忘れた窓から風が入って、私の制服がなびく。
「悪い。遅かったか？」
　あ、琉斗。
「まあ、ちょーっとだけね！」
　と言って机から下りる。
「そうか……今、何時？」
　ん？　唐突だね。
　えっとー……。
「4時、45分だよ！」

琉斗を見ると、なにか意を決したような顔をしている。
「お前は、覚えてねーのかよ、１年前の今日、４時47分のこと」
　覚えてないか？　って……。
　やっぱり、１年前になにかあったの？
　な、なにかの記念日??
　でもなあ、う、うーん……。
「ごめん、琉斗！　覚えて、ない」
　本当に申し訳ない……。
「俺が、お前に告白した日だ！　覚えとけ、そんぐらい」
　え……。
「えええ??」
　嘘、もう１年たってるなんて思わなかったよ……。
　わわわ、私はそんな大切な日を忘れてたの??
「ごご、ごめんね！　ちょっと、忘れてたというか……」
　ああ〜！　こういうときに限っていつもの言い訳みたいのって出てこないんだよね……。
「べつに、いい。俺も、１年間ずっと言えずにきた、から」
　言えずに？　なにを？
「けど、ヘタレのままの状態で１年間が過ぎるのは、ぜってーいやだ、から……」
　そう言ってほのかに赤くした顔の琉斗が私を見る。
　琉斗は、なにを言うつもりなんだろう？
　今の時刻は４時46分。
　47分まで、あと20秒。

っすうーって琉斗の息の吸い込む音が聞こえる。
「……っ、ゆ、……」
　ゆ？　あ、お湯？　ですかね、
　はい、ふざけました……。
　でも、なんだろう？
「……ゆ、ゆ……唯」
　え？
　今、小さいけど、はっきり聞こえた琉斗の声。
　唯って……名前。
　時刻は4時47分、ちょうど。
　空が夕焼け色に染まっていく。
　う、そ。なに、それ。
　そんなの……！
「嬉しすぎる、よ」
　低くて、緊張してて、だけど優しい琉斗の声が、私の胸をきゅってさせる。
　英里とか瑠璃、涼太にも……呼ばれるのとは、全然違う。
　好きな人に、名前を呼ばれるって、こんなに、違うんだ。
　こんなに、特別なんだ……。
　自分の名前なのに、自分の名前じゃないみたいで、
　頭の中で何回も"唯"って琉斗の声がする。
　その度に嬉しくて、ドキドキして、照れくさくて、でも、やっぱり嬉しくて、どうしたってにやけちゃう。
「もう、いきなりなに……琉斗？」
　あ〜もう、私今絶対、ほっぺた落ちて筋肉ゆるゆるなん

だろうな……。
　こんなサプライズ、ずるいよ。
「ずっと、涼太が呼んでんのに、俺は言えないのがいつも嫌だった。けど、ずっと呼びたいって思ってた、から。俺だって、ゆ、唯……って呼びたい」
　プイとそっぽを向きながら言う琉斗。
　なんかさ、最近本当に琉斗がかわいくて仕方ないのですが……。
　かわいくて、すごく、愛おしいんだ。
　まあ、そんなこと口に出して言えないけどさ……。
「私も呼んでほしい、よ？」
　彼氏に、下の名前で呼んでもらえたら嬉しくない女の子はいないと思う。
　そう思って琉斗のほうを見ると、ぱちっと目があった。
　うわ、なんか照れるな……。
　顔の温度が、急激に上がっていく。
「っ、唯！」
　え、ええ??
「は、はい！」
　なんでしょうか??
「お前に、キスしたい」
「はいいーーーー??」
　ちょちょちょ、本当にどうした？
　琉斗なのに、琉斗じゃないよ??
　なに？　素直なの？　直球なの??

「つか、する」
　ってじっと見つめられる。
　う、うう……。相変わらず強引、だ。
　けど……断る理由なんて、ない。
　琉斗の顔が近づいてくる。
　やっぱり、学園王子って呼ばれてるだけあって、顔がめちゃめちゃ整ってる。
　心臓がドキドキして、なんだかくすぐったい。
「目、閉じろ」
　って言われて自然と目を閉じちゃうってことは、私も琉斗とキス、したかったのかな？
「……っ、ふぅ…………」
　琉斗の息づかいが聞こえる。
　うん。そうかもしれない。
　だって、思いが通じあって、初めてのキスだもん。
　知りたい、両想いのキス。
「……ん、ん」
　琉斗の唇が触れる。
　わ、なにこれ……。
　触れた途端、あたたかい風が心に吹いてきたみたいに、愛おしくてすごく甘い。
　やばい、くせになっちゃいそう……。
　琉斗の触れ方が、優しい。
　ガラス細工(ざいく)を扱うように、大切に触れてくれる。
　こんなのずるい。こんな心地よくて、幸せなキス。

ますます、好きになっちゃうよ。
　世界一、素敵な放課後。
　茜色(あかねいろ)の夕日が私たちの教室に差し込んでいる。

ずっと一緒にいたいです。

　日曜日になってしまいました。
　琉斗とキスをしてから気まずいというか、なんとなく琉斗を避けてしまいます。
　けれども、今日は琉斗と会う約束をしてるのです……。
　どどどうしよう??
　私は平然とした顔をキープできるのだろうか!?
　それと問題がもうひとつ!
　洋服が決まらないのです……。
　いくらおじさんの会社だとはいえ、さすがにまた涼太のときみたいに部屋着で琉斗に会うわけにいかないし……。
　どうしよう!?
　琉斗ってかわいいのが好きなの？　かっこいいのが好きなの??　もう〜、好み聞いとけばよかったよー！
　今更になって、世の中の恋する乙女の悩みを実感したよ……。
「はあー……」
　まあね、モデルしに行くわけだから多分すぐに着替えるとは思うんだけど……。
　でも、やっぱり初めて私服で会うんだもん。
　気合い入っちゃうよね。
　うん。よしっ！　決めた！
　やっぱり私のいちばんのデート服で行こう！

学校前で待ち合わせです。先についちゃいました。
　　いつもは気にならない前髪がとても気になる。
　　風が吹く度、鏡でチェックしちゃう。
「待った、か？」
　　あ、琉斗！
「全然、待って……な、いよ」
　　わわわわーー！
　　待って、待って！
　　ちょ、予想以上だよ??
　　予想以上に、かっこいい！　です……。
　　そんな琉斗と視線が合う。
　　うわああ！　って私の心の中では大パニックだよ。
「お前、それ、……似合って……なくない」
　　ん？　えっとー……。
　　似合ってないの否定、だよね？
　　ってことは、
「似合ってる??」
　　その言葉に、琉斗の顔がどんどん赤く染まってく。
「ったく、なんでいちいち口に出すんだよ！」
　　あ、いや、つい嬉しかったもんでね……。
　　私も、言わなきゃね！
「琉斗も、かっこいいよ。はい、もうそれは素晴らしくかっこいいです！」
　　って私はなにを言ってんだか。かっこいいって伝えたくて、必死みたいじゃん。

「おい、本当にやめてくれ……」
　あ、琉斗が本当にやばそうだ。
「はーい」
　あんまり、口に出しすぎないように心がけますね！
「琉斗、ついたよ！」
「え、これか？」
　やっぱり最初にここに来ると、誰でも驚くよね。
「そうだよ、ほらっ！　ちゃーんとIkeda dressって書いてあるじゃん！」
　って指さす。
「でけーな……」
　そうなんだよね、多分30階建てくらいだね。
「琉斗、入ろ」
　ってびっくりして建物を見上げてる琉斗の腕を引っ張って入る。
　今回は……おじさーーーんって叫ばなくても、モデルですって言えばすんなり入れるはず。
　だから受付でキレイなお姉さんに話しかけた。
「今日のモデル役なんですが……」
「うかがっております。どうぞ、24階にお願いいたします」
　ニコッと営業スマイルを見せてくれる。
「ありがとうございます」
　と言って、エレベーターに乗り込む。
「お前、すげー慣れてねーか？」
　まあ、それはね。

「だって、昔からよく来てるしね」
「ふーん」
　聞いといて興味ないんかい！
　──チーン。
　あ、ついたね。
　エレベーターから降りた次の瞬間。
「唯ーーー！　待ってたよーーー！」
　おじさんに抱きつかれました。
　クソっ、不意打ちすぎて防げなかったぜ。
　こうなったら、冷たい目で睨んでやる！
「おじさん、やめてよね」
　ふっふっふ。私が冷たい目をするとおじさんが……。
「すいませんでした」
　って離れてくのはお見とおしなのです！
　長年の経験ってやつですな。
「はいはい、社長。そこまでにしてくださいね？」
　あ！
「美月さん！」
　声がするほうを見ると、昔からモデルするときにお世話になっている美月さんがいた。
　美月さんは、おじさんの会社のヘアメイク兼スタイリスト。おじさんとは学生時代からの仲なんだって。
　この会社で唯一、社長であるおじさんにズバズバ意見できる人らしい。
「お久しぶりね、唯ちゃん。今回も担当させてもらうわ」

わー！　やった！　美月さんが担当なら心強い！
「お願いします！」
「じゃ、行きましょうか？」
　　って行こうとした。
　　けど……やばい、私。今の今まで琉斗のこと思いっきり忘れてた。
　　って琉斗を探すと、見当たらない。
「あの、琉斗……は？」
　　元気のないおじさんに聞く。
「あー、もう別室行ってもらったよ？」
　　ええ??　マジですか！
　　いなくなったことに気づかないって、私ひどいな……。
「じゃ、行こう。唯ちゃん」
　　まあ、今気にしてても仕方ないか。
「は、はい！」
　　準備室に来ると、もういろいろ用意されていた。
「唯ちゃん、今回はなんの撮影か知ってる？」
　　座りながら聞かれる。
「いえ、聞かされてないです」
　　ふふふって笑う美月さん。
「今回はね、結婚式なの」
　　け、結婚式??
「て、ことは、ウエディングドレスですか??」
「そうよ〜、いいわね〜若いうちに着られるって幸せよ〜」
　　まあ、そうだけど……。

「でも、ウエディングドレスなんて……！　特別、じゃないですか……」
　なんていうか……心構えというか。
　いきなり着ていいものじゃない気がする。
「特別、よね。ウエディングドレスは。だからこそ、唯ちゃんに着てほしかったの」
　鏡越しに笑いかけられる。
「な、んで、私なんですか？」
　どうして、私に着てほしかったんだろう？
　プロのモデルさんの方がいいんじゃ……。
「ん～、恋を、してるからかな～」
　私の髪を巻きながら答えてくれる。
「恋、ですか？」
「唯ちゃん。さっきのイケメン君、彼氏よね？」
　あ、美月さん、琉斗の存在に気づいてたんだ。
「は、はい。一応……」
「ふふっ、あのね、社長はあなたにモデルの子たちにキャンセルされちゃったって、言ったでしょ？」
　え、まあ。そう聞いてる。
　ってもしかして違うの??
「実はね、社長がどうしても唯ちゃんと唯ちゃんの彼氏にモデルをさせたいって言ったのよ」
　ん？　ん!?
「ええ！　本当ですか??」
　ちょ、おじさんー！　聞いてないよ??

私、モデルやりたがってなかったよね？
「そうよ。なんか、答えを出した唯ちゃんと唯ちゃんの彼氏にプレゼントがしたいとか言ってたわね。どういう意味かしら？」
　まあ、私も実際に恋してる子のほうが、向いてると思ってたからオッケー出したんだけど、と美月さんが続ける。
「答え、ですか？」
　私がちゃんと自分の気持ちに気づいてるか、自分の気持ちに答えを出したかってことだよね、多分。
「私もよくわからないんだけど……あの人はあの人なりに唯ちゃんのこと考えてるみたいよ？」
「ふふっ！　そう、みたいですね」
　おじさんは、いつも私のことを見守ってくれてるの、ちゃんと知ってる。
　昔から、ずっと。
　ふざけたふりして、ちゃんと見ていてくれるんだ。
「おっ！　なんだ～唯ちゃん、嬉しそうだね」
「へへ～そうですかね～？」
　ねえ、琉斗……。
　この恋は、私たちだけじゃできないね。
　おじさんに、英里に、瑠璃に、涼太に、いろんな人に支えられてるね。
　支えられて、今の幸せがあるね。
　今、すごく感謝の気持ちを伝えたい。
「はいっ！　唯ちゃん、できた！」

立ちあがって全身を鏡で確認する。
「おお〜！　さすが、美月さん！　私が10倍輝いて見えます！」
　髪は右上でアップにして、くるくると巻かれてリボンで止められている。
　ウエディングドレスは、まっ白でスカート部分が少しフワッとしてる、肩だしタイプ。
　すごい、美月さんの魔法だ。
「唯ちゃん、ほら！　それだけ、元がいいってこと！　自信もって？」
　美月さんにブーケを渡される。優しい素発色の花とかわいい白で作られたブーケ。
「はい、ありがとうございます！」
「行ってらっしゃい、唯ちゃん！　私が担当したんだから、絶対あのイケメン彼氏君だってイチコロよ！」
　ウィンクする美月さん。
　そんな美月さんから元気をもらう。
「はい！　頑張ります！」

　会社の中にある撮影スタジオに移ると、すでに琉斗がおじさんと話している。
「……わ……すご……」
　つい、感動の声をあげてしまうくらい。
　それくらい、琉斗の服の着こなしは、決まっていた。
　白いタキシードに、緩めにセットされた髪。

まあ、あの琉斗様が似合わないはずもないんだけど……めちゃめちゃ、かっこいいじゃないですか……！
　あああもう本当にあなたは私の彼氏様なのでしょうか??
　ちょっと、かっこよすぎませんか！
　というか、なぜおじさんにそんな素晴らしく優しい微笑みを向けてるの？
　な、なんの話してるのですか！
　その微笑みをおじさんではなく私にくださいよ!?
　なんて思いつつふたりのところに向かう。
「琉斗、おじさっ、わっ！」
　ウエディングドレスの裾を踏んで、転……ぶ、ん、あれ？
　地面に当たる、感触がしない。
「ったく、あぶねーな……！」
　あ、琉斗が支えてくれたのか。
「う……ごめん、ありがとう！　ってわあ！」
　近い近い……！
　琉斗が私を抱きしめる感じで支えてくれるから、琉斗との距離がすごく、近い。
「気をつけろ、よな」
　琉斗の、声が耳元で聞こえる。
　耳がくすぐったくて、ドキドキする。
「う、うん……気をつける」
　って言うと、琉斗が私を立たせてくれる。
　ふう……やっぱり、琉斗と近すぎるのは、緊張するな……。
　なんか、やっと息がちゃんと吸える気がする。

「おっ、さっすが唯〜！　僕の見たてどおり！　というかそれ以上？」
　あ、おじさんいたのね。
　まあ、素直に褒め言葉として受けとっておこう。
「ほーら、琉斗くんも！」
　おじさんに肘でつつかれてる琉斗を見ると、顔が赤く染まってる。
「わかってますよっ！　……っ、……割と、かわいん、じゃねーか？」
　え？　琉斗、？
　今、琉斗から、かわいい、って言われた……！
　割とってついてたけど！　疑問形だったけども！
　でも、言ってくれた！
　やばい、嬉しい。
「相変わらず、素直じゃないな〜」
　って琉斗に言うおじさん。
　素直じゃない、けど……それでも、それが琉斗の不器用な褒め言葉だって、わかるから。
「ありがとう、琉斗！　嬉しい！」
　自然と顔が緩んで、笑っちゃうよ。
「おお〜、今日の唯は素直だな。じゃ、唯ちゃんが素直な内に撮影始めるぞ〜！」
　パンッとおじさんが手を打つ。
　なんか、バカにされてる気分なんだけど……。
「はいっ、唯と琉斗くんにはこれ！」

と言って渡されたのは……。
「ペア、リング……？」
　銀色のリングにキラキラ輝く宝石がちりばめられている。
「そう！　君たちには、今からリング交換のシーンを演じてもらう。カメラはこっちで勝手にとってるから気にしないでいいよ」
　え、演じるって？？
「写真だから、言葉とかはないよね？」
「唯、聞いてた？　僕は今演じるって言ったよね？」
　う……ダメだ。完全に、仕事モードのおじさんだ……。
　仕事モードのおじさんは、けっして妥協しない。
　こうなると、やる以外に選択肢はない。
「わ、わかった……」
　カメラマンはかなり遠くから撮影しているから、目の前にいるのは琉斗だけ。
　セットのチャペルに琉斗と向きあって立つ。
　立ったのはいいんだけど……なにを言えばいいの？
　って、私が焦ってると。
「唯、手出せ」
　琉斗に言われた。
　あ、指輪交換だもんね。
　と思って当然のように左手を出す。
「違う、バカ。右手だ」
「え！　わ、そうだよね……ごめん」
　嘘でも、琉斗から結婚指輪はめてもらいたい、なんて

図々しいこと思ったからかな……。
　私、なんかめっちゃ恥ずかしいじゃん。
「これは、本番じゃないだろ。練習、だろ？」
　はい、……そうですよね。
　琉斗の練習相手でも、嬉しいって思うことにしますよ……。
「お前の左手には、俺がちゃんと……選んだやつ、はめてやりてーから」
「え？」
　今、なんて？　それって……。
　私……そんなこと言われちゃったら。
「本番も、琉斗がくれるの？」
　図々しいから、期待、しちゃうよ？
「いらねーなら、いい」
　そう、ぶっきらぼうに言う琉斗。
　嘘、嘘……！
　どうしよう、せっかくメイクもキレイにしてもらったのに、今、泣きそうなくらい、嬉しいよ。
「っ、いらないわけ、ない！」
　そんなわけないに決まってるよ……！
　指輪をもらいたい人なんて琉斗だけだよ！
　その言葉に、ふっと笑う琉斗。
　そして、私の右手をとったまま跪く。
「俺と、結婚してください」
　芯の通った、強い声。
　これも、練習なのかな？

もしかしたら、シチュエーションに合わせただけの、言葉かもしれない。
　だけど……。
　練習だろうがなんだろうが、そんなの関係ないくらい幸せで、そして、いつだって私の答えは決まってる。
「はい！　喜んでっ！」
　たったひとつだけだよ。
　もう、嬉しいなんて言葉じゃ言いあらわせないよ……。
　だって、今、どうしようもないくらい琉斗が……。
「大好きっ！」
　って気持ちが溢れてる。
　私は琉斗に抱きつく。
　そんな私を笑顔で支えてくれる。
　ねえ、琉斗。
　この先、ずっと君と私の未来があるって期待してもいいですか？
　君の描く未来に私がいるって思ってもいいですか？
「だったら、ずっと俺のそばにいろよ……な、唯」
　うっふっふ。
　そう言ってる君は、きっと顔が赤いんだろうな。
　そして、私の顔もね。
「ずっと、一緒にいたいよ」
　琉斗、私を、好きになってくれて、ありがとう。
　今も、きっと、これからもずっと、私と君の未来が重なるって信じてる。

浮気彼氏を妬かせる方法？
　そんなの存在しません！
　これは、不器用彼氏を素直にさせる方法。
　だって、本当の琉斗は、不器用でかわいくて優しくて、すごくかっこいい。
　そんな、素直になれない琉斗だから、私は、大好きなんです。
　不器用彼氏が、素直になる瞬間。
　それは、私に究極の幸せをくれるんです。
　そして、それを見られるのは彼女である私の特権なんです！

書き下ろし番外編

好きになった、その瞬間。

【琉斗side】
「そういえばさ、唯って王子になんて告白されたの?」
　興味津々の顔で英里に聞かれたのは、ある晴れた日の昼休み。
「ふっふ～♪　それは、私だけのひみつでーすっ!」
　そんなの、英里と瑠璃には教えてあーげっない!
「唯と王子には散々振り回されたのに、私たちには教えてくれないのね、唯?」
　う、瑠璃様ずるいですよ?
　そう言えば、私が断れないの知ってるんだから……。
「わ、わかったよ……」
「「いえーい!」」
　って、ハイタッチするふたり。
　まあふたりに散々迷惑かけたのはわかってるから、いいんだけどさ……。
「あ、そうだ!　ついでに、唯が王子を好きになったきっかけも教えてよっ!」
　ちょ、英里!　話がちがーう!
　って言うのももう、面倒くさいからいいや。
「はいはい……」
　唯ちゃん、大サービスして話しちゃうんだから!
　えーと、そうだなあ……。

うーん、どこから話そうかな。
　欠かせないのは、やっぱりあの話だよね。
　うん！　よしっ、決ーめたっ！
「あれはすごく晴れた天気のいい日のことだった……そう、ちょうど今日みたいに」
　私は、マンガの回想シーンみたいに話しはじめる。
　ちょっとあこがれてたんだよね、こういうの。
「なによ唯、ノリノリで話してるじゃない」
　…………。
　はーい、そんな瑠璃の言葉は聞かなかったことにしようね〜！

＊＊＊

　私が琉斗と初めて話したのは、琉斗が女の子に告白されているときだった。
　その女の子に対する琉斗の返事があまりにひどかったから、私はムカついて琉斗にいろいろ言ってやったんだ。
　告白する勇気とか相手の気持ちとか。
　学園の王子様にあんなにズハズバ言えた私は、我ながらすごいと思う。
　琉斗と私の接点といったらこれくらいなもので、それ以来琉斗と話すことは一度もなかった。
　けれど、あの日。
　そんな、なんでもないような関係に転機が訪れたんだ。

その日はクラスの日直の仕事があって遅くなってしまい、急いで帰ろうとしていた。
　すでにクラスには人がいなくて、私ひとりだけだった。
　確かそんなとき。
　ガラッと教室のドアが開いて、
「おい、お前……池田、だよな？」
　あの学園王子と呼ばれる黒木琉斗に話しかけられた。
「そうだけど、なにか用？」
　学園王子が私なんかに用があるなんて、なんだろうって気にはなるけど、正直言ってそのときは早く帰りたかった。
　けど、
「お前って、彼氏いんのかよ」
　なんて聞かれたんだ。
　はい？
　なんであんたと、ガールズトーク的な恋バナしなきゃなんないのよ！
　しかも、学園王子のあんたが私なんかと恋バナしてなにが楽しいの??
　と思いながらも答える。
「いませんよっ！」
　なんかムカつくな！
　きっとあんたには、彼女がいっぱいいるんでしょうけどね！
　世の中みんな、あんたみたいにモテるわけじゃないんだから！

「へー、そうか……」
　って、ん？　あれ？
　なんでちょっと、嬉しそうなの？
　謎なんですけども……。
「なあ、俺のことどう思う？」
　今度はなにさ？　どいういう風の吹きまわし？
　ってわあ!!
　いつの間にこんな近くに??
　ってかやっばいくらい近づいて来てる！
　やっぱり……学園王子って呼ばれるだけのことはある。
　ゆるーくセットされている髪に、透き通るような白い肌にキレイなくっきりふたえのブラウンアイ。
　そんな容姿を持った人に顔を覗き込まれて、『俺のことどう思う？』なんて、聞かれたらたまったもんじゃない。
　普段だったら、うわ～自信過剰なセリフ～とか思う私も、このときばかりはドキドキして、顔が赤くなるのがわかった。
「ど、どうって……？」
　普段のキャラはどこにいったのか、こんなことしか言えない私。
「……っ」
　ふと、顔を見上げるとそこには、私と同じくらいまっ赤な顔をした黒木琉斗の姿。
　うそ、なにこれ。
　かわいい以外のなにものでもないんだけど……。

そんなかわいい姿を見たら、私の顔の熱なんて即引いていくわ！
　かわいすぎかよー！　と思ってじーっと見てると、
「見てんじゃねーよ」
ってパッと顔をそらされた。
　うーん。やはりそらされると見たくなるものですな。
　──パシャ。
　うふふ～♪　学園王子のかっわいい写真、GETだぜ！
　スマホで写真撮っちゃったもんね～。
　こりゃあ、秘蔵写真だわ。
「学園王子の照れ顔なんて、知ってるの私くらいかもね～！　すごい得した気分！」
　なんてすっかりテンション上がってる私。
「……っ、だから!!」
　いきなり叫んで、スマホを持ったままの私の腕をパシッとつかむ。
「え？」
　突然の状況に、私の頭はついていかない。
「学園王子って……呼ぶなって、前に言ったじゃねーか……」
　私の腕をつかむ力がどんどん弱くなっていく。
　その表情は怒ってるように見えるのにどこか切なくて、目が離せなかった。
『前に言ったじゃねーか』
　前に？
　私とあんたが最初に出会ったとき、ってこと？

そんな前のこともう覚えて……あっ‼
　そうだ！　あのときも確か、学園王子って呼んだら、「その呼び方やめろ！」って言われたんだよ！
　そのときも今と似たような、怒ってるように見えるのにどこか切ない表情をしてたんだ。
　そんな表情に、少しだけ、ドキッとしたんだ。
　なのに！
　あーもう！　バカバカ！　私の記憶力どこ行ったの⁉
　っていうか、なに??　なんて呼んだらいいんだ！
　学園王子が嫌なら……。
「黒木琉斗？」
　って呼べばいいのかな？
「は？」
　え、ちょっと、学園王子が嫌だっていうから呼んだんだけど！
　違うの??
　なんでそんな不思議そうな顔してるの？
　私だって、は？　ってききたいわ！
「なんでフルネームなんだよ……」
　はーってため息ついて、しゃがみ込む黒木琉斗。
　はい？　フルネームじゃなかったらなんて呼べと？
　あ、もしかしてまさかの琉斗って呼んでほしい的な？
　ええ〜もうっ！　だったら、最初からそう言ってくれればいいのに〜！
　照れ屋さんなんだからっ。

なんて冗談半分で、
「琉斗っ！」
　って呼んでみました。
　まあ、多分また「なんで名前なんだよ!?」とか言われるんだろーな。
　なんて予想をしていた私をよそに、黒木琉斗はバッと私の顔を見上げた……。
　次の瞬間。
「ん？　わっ！」
　腕をグイッと引っ張られた。
　そんな突然すぎる出来事に、私が対応できるはずもなく……元々しゃがみ込んでいた黒木琉斗に思いっきり抱きつくように倒れこんでしまった。
　ちょっと予想外すぎるよ??
　待って待って！
　なんで私は引っ張られたの??　そしてこの状況はなに??
　しかも、なんで名前呼び突っ込まれないの??
　そして、なぜ私はこいつの腕の中にいるのかしら？
　と私の頭の中は大混乱で、キャパオーバー寸前だった。
　抱きしめられたまま沈黙が続く。
　なんすか、この沈黙は。
　というか、私の心臓バックバクなんですけれども……。
　と思ってい、たたまれなくなった私は、
「あの～琉斗サン？」
　と声をかけた。

抱きしめられているもんだから、今、黒木琉斗がどんな表情をしているかはわからない。
「わざとかよ」
　は？
「なにが？」
　いきなり単語をぽんって出されても……。
　そのとき、体が優しく離されて、黒木琉斗の表情が見える。
「っ、だから！　フルネームからいきなり名前呼んだのはわざとかって聞いてんだよっ！」
　手で口元を隠しているその表情は、余裕がなさそうで……。
　え、あ、うーん。
　さっきから、意味がまったくわからないんだけど……。
　私にもわかるようにハッキリ言ってほしい。
「あのさ、私はあんたが学園王子って呼ばれたくないって言うから黒木琉斗って呼んだんだよ？　だけど、フルネームかよって、あんたが不満そうだから琉斗って呼んだんじゃん！　それをどこをどう解釈したら、わざとになるのよ!?」
　あーもう!!
　言ってたら、なんかほんとにムカついてきた！
　そもそもなんで、黒木琉斗は私に声かけてきたの？
　なんか用があったんじゃないの？
　用がないなら。
「ねえ、帰ってもいい？」
　私、元々帰ろうとしてたんだもんね。
　と思って立ちあがって、ドアの方向に体を向けたそのとき。

「待てよ」
　黒木琉斗が私を逃がすまいと、バンッと音を立てて両腕を机につく。
　両腕の間に挟まれて、自然と机の上に座らされる私。
「な、なに？」
　そらすことができないような、まっすぐな瞳を向けてくる。
　なんで、こんなことするの？
　なんでそんな瞳で見るの？
「少しは察しろよ、俺のこと」
　え……？
　あんたのこと察しろ？
　あんたのなにを察しろって言うのよ。
　もう、わけわかんない。
「今、俺がどんな気持ちかも知らないくせに」
　ちょっとだけ切なそうな表情。だけど、少し期待してるような瞳。
　そ、そんなの！
　わかるわけないよっ！
　だって私とあんたはまったく違う人物なんだよ？
「わかんないよ……！　察しろなんて無茶言わないでよっ！　言いたいことがあるなら、ちゃんと言ってよ……」
　そんなに理解力ないよ……、よくわかんないもん。
　私がそう言うと、深く「はーー」とため息をつく黒木琉斗。
「ここまで鈍いのは、想定外……」
　って言葉も付け加えて。

は？
　あんたね！　話しかけてきてそれはないでしょ！
「あのね、私別に鈍くなんてっんんん!?」
　ちょ、ちょっと、なに??
　なんでいきなり手で私の口抑えてるの??
　苦しい、苦しいって！
「1回しか言わねーからよく聞けよ」
　黒木琉斗の声は、真剣そのもので緊張が伝わってくる。
　それと同時に私の口を抑える手が、どんどん緩くなっていく。
　おーよかったよかった！　緩くなったー！　苦しくなくなる〜！
　ふっふっふ！　私、耳いいから聞き取れるもんね！　と意気込んで聞く準備をしていると、黒木琉斗がスッと私の耳元に顔を近づいてきた。
　深呼吸する音が聞こえる。
　なんか、近くない？
　吐く息が耳にかかるくらい、距離が近い。
　私の耳を掠めてドキドキする。
　一瞬、耳元の呼吸がとまる。
「……好き、だ」
　……え？
　小さくて消え入りそうな声だけど、芯が通っていて、はっきりした声。
　そんな声で、今、私に、

「……好き？」
　って言ったんだよね？
　え、え、え??
　えええーー！
　ん??　ちょ、ちょっと待って！
　私があんたを好きってこと??
　あ、違った！　逆だ!!
　あんたが私を好きってこと??
　わわわわわ〜！
　ほ、ほんとに??
　いったん落ちつこう。
　はい、吸ってーはいてー。
　ふう、少し落ちついてきた。
「あのさ、もう１回繰りかえしてもらえます？」
　一応念のために確認を……。
　ガタっと椅子に足をぶつける音がした。
「あのな、俺１回しか言わねーって言っただろうが!!」
　あ、そういやそうだった！
　いや〜、忘れてたわ。
　黒木琉斗の顔を見ると、とても赤く染まっている。
　これは本当に好きって言われたって思ってもよさそうだ。
　ていうかさ、やばい、めっちゃかわいい。
　あたふたしてるとこか微笑ましいんだけど……。
　告白されて、嬉しいかも、なんて。
「で、お、お前は、どうなんだよ！」

まだ赤く染まった顔でチラッチラッとこっちを見てくる姿は本気でかわいい。
　かわいい、けどさ私。
「あんたのこと詳しく知らないんだよね」
「お？」
　おっと、言葉不足！
　怖い怖い！　そんなドス黒いオーラでこっち見ないで！
「もちろん、好きって言ってもらえてかなり嬉しいのは……、事実。あんたを嫌いなわけではないのも……。でも、私はあんたのこと詳しく知ってるわけじゃない。私はそんな軽い気持ちで付き合いたくなんてない、の。だから、だから私を！　私を惚れさせてみなさいよッ、黒木琉斗！」
　そんな、かなり上から目線な私の言葉。
　これが私が最初に出した答えだった。

＊＊＊

　ずっとなんにも言わずにニコニコ聞いていたふたりが、声をあげた。
　まあ、タイミング的にはピッタリだね！
　第一幕『琉斗の愛の告白編』が終了したところだもんね!!
「唯、あんたそんな上から目線なこと言ってたの??」
　って英里にものすごく驚かれる。
「そんなことがあったなんて、聞いてないわよ？」
　瑠璃も怪訝そうな顔をしている。

「いや～なんかつい、言ってしまったんだよね」
　話はじめるときは思い出せるか不安だったけど、話してみると意外に覚えてるもんだね。
　というか、今考えるとこのときの私って、そうとうな自信家だよね……。
　仮にも学園王子に惚れさせてみろ！　なんて言ってるんだから。
「ついってあんたね……そんな思いつきだけで返せるようなことじゃないと思うんだけど……」
　やん、そんなこと言わないで、えりりん～。
「それに、このときはまだ、私たちに王子から告白されたことは言ってないわよね？」
　ん？　あー、瑠璃。それはね、ふたりに相談することも考えたんだけど……。
「なんとなく、自分で決めたかったから……」
　ふたりに相談すると、いい意味でたくさん意見をくれるんだ。
　それはほんとに嬉しい。
　だけど、それは、私の意見じゃない気がして。
　今回はちゃんと自分ひとりで決めたい。そう思った。
　だからあのときはまだ、相談できなかった。
　ふたりには、きちんと私の気持ちが決まってから言おうと、思ってたから。
「唯が決められたなら、それが一番よ」
　微笑んで言ってくれる瑠璃。

ううう～瑠璃～！
「そうそう！　自分で決めるって、すっごい大事なことだもん！」
　わわー!!　英里～！
　もう、
「ふたりとも大好……」
「それで、その後どうして付き合うことになったの？」
　あのさ、なんで瑠璃さんはそんなにドライな反応なのですか……。
　大好き！　って抱きつかせてよ……。
「唯が私たちのこと大好きなのは、もうわかりきってることだもん～だから、私も話の続き知りたい！」
　うふふ！　わかりきってることだったのね……！
　しょうがないなあ、
「ふたりがそんなに聞きたいなら、教えてあげるよ～」
「「やった!!」」
　またまたハイタッチを交わすふたり。
　もう今日のふたり仲よすぎ！
　唯ちゃん妬いちゃうぞ☆
　はい。
　じゃあ、行きますか。
「第二幕『私だけの学園王子様編』ね！」
「なに、そのタイトル……」

＊＊＊

「は？　……どういう意味だよ」
　えっとー、これ以上どう説明すればいいんだ？
　うーん。
「だから、私にアピールして惚れさせるんだよ！」
　なんかこんなこと自信満々で言ってると、私、すごいモテ女みたいになってるね。
　きっと学園王子のファンクラブの子に今の会話聞かれたら、相当恨まれる……。
「前から思ってたけど……お前の思考回路どうなってんだよ……」
　思考回路??
　それは考えたことないな〜。元々こんなもんなのでね。
「まあさ、私は君に期待をしているんだよ。頑張りたまえ」
　肩にポンッと軽く手を置く。
「……ムカつく」
　と言われパッと手を払わらて、そのまま帰ろうとする黒木琉斗。
「ムカつくってなんなんだーー！」
　そのムカつくやつに告白したの、あなたでしょーが！
　そんな言い方されると、私だってムカつくわー！
　黒木琉斗は私の言葉を無視して、クラスを出ようとする。
　直前。ドアの前で止まった。
「……ってろ」
「ん？」
　私、別に耳が遠いわけではないんですけどね。

もうちょっと、ハッキリ言っていただけるとありがたいのですが……。
「待ってろ‼　１週間で惚れさせてやる‼」
　バンっとドアを閉めて、去っていく。
　その迫力にびっくりして一瞬ポカンとしてしまう。
　かなり、堂々ハッキリと言われた。
　１週間、か。
　その響きに、なんとなくにやけてしまう。
　そうこなくっちゃ。
「惚れさせてみなさいよ、黒木琉斗」
　誰もいない教室で私ひとり。
　小さな声でつぶやいた。

　家に帰ってベッドにひとりで座って落ち着くと、私、人生で初めて告白されたんだって、改めて自覚した。
　わあああああ‼
　どうしよう！　さっきはなんか変に冷静で、あんなこと言っちゃったけど！
　なんか、今更顔赤くなってきたーー！
　どうしよ！　どうしよ！　どうしよ‼
　ボフンッとベッドに寝っ転がって、バタバタする。
　告白だよ⁇
　好きって言われたんだよ！
　ほかでもなにこの私が‼
　わー！　わー‼

っほんとにもう……！
「……やばい、好きって言われることって、こんなに嬉しいんだ……」
　もう、それだけでドキドキしちゃう。
　しかも顔赤くして、「好き、だ」なんて！
　きゃーーーー！
　思い出すと、叫びそうになるわ！
　なんであのときの私、あんなに冷静だったんだろう？
　うーん。謎だね。
　私の七不思議のひとつに入るレベルだね。
　しかも明日からアピールしてくれるんだよね？
　もしかして、少女マンガみたいなきゅんきゅんセリフとか言われちゃったりするのかな??
　やばい！　にやけるーー！
　と思ってまた、足をバタバタさせる。
　もう、めちゃめちゃ楽しみなんだけど。
　どうしよう！　早く明日にならないかな?♪
　なんてひとりで妄想しながら、ゴロゴロ転がっていた。
　知らぬまに寝ていたようで、翌日の朝私は飛び起きた。
「……っ寝すぎた??　やばい!!　何時??」
　時計を見ると、7:58の文字。
　うわわわわわわわ!!!!!
「かんっぜんに遅刻だあああああ!!!」
　昨日に限って看護師のお母さんは夜勤(やきん)だったし、お父さんは出張だし!!

ふたりが起こしてくれるわけないって、わかってたのにー！
　今まで無遅刻無欠席だった私が、遅刻してしまうーー！
　しかも理由が妄想してて寝れなかったとか、おかしいでしょ??　恥ずかしくて、そんなの言えないし！
　あ～やっばい！　急げ急げ!!
　と思って、ご飯も食べずに制服を着てすぐに家を出る。
　今までで最速かも！
　準備にかかった時間はなんと……8分!!
　私、すごい！
　よしっ、
「っすうーーーー」
　と思いっきり息を吸い込んで、息を止める。
　そして、一気に走りはじめる。
　息を止めると速く走れるんだって。
　唯ちゃんの今日の豆知識だよ☆
　いつも遅刻ギリギリ勢だとはいえ、さすがにこんなに遅く家を出たことはないから、今日は本気で走らなければならない。
　今こそ私のスーパー走りを見せるときが来たようだね!!
　見てる人いないけど……。
　あ、散歩中のおじいちゃんが見てるくらいか。
　おっ！　あそこの曲がり角を曲がれば、あと少しで学校だ！
　行くぞ！　ラストスパ……ぎゃ!?

「ってえ」
「いったあ……」
　やばい……急ぎすぎて、誰かとぶつかった。
　謝りたいけど、本当におでこが痛すぎて顔があげられない。
　もう！　曲がり角でぶつかるとか昔の少女マンガじゃあるまいし！
　しかも全然素敵なラブハプじゃない!!　痛いだけだよ！
「おい、お前。大丈夫か？」
　あ、相手の方に多大なるご迷惑をおかけしてしまったよ……！
　自分のおでこが痛すぎて忘れてた……。
　申し訳ない。早く謝らなきゃ！
　と思いっておでこをさすりながら立ちあがる。
「あの、すみませんでした……私の前方不注意でって！　あれ？　黒木琉斗?!」
　まさかまさかの目の前にいるのは、黒木琉斗だった。
　そこで、
　──キーンコーンカーンコーン。
「あああ！　遅刻、決定だああ……」
　無常にもチャイムが鳴った。
「お前なにしてんだよ。あんな猛スピードで」
　うっ、そこはあんまり突っ込まれたくなかった……。
「いや〜ちょっとね〜！　ん？　というか、あんたもじゃん！　なにしてるの？　こんな時間に」
「いや、俺は別に」

顔をそらして言われる。
　ははーん。
「わかった！　あんたも遅刻したんでしょ！　な〜んだ、いつもギリギリ勢だったんだね?」
　意外だねー！　仲間だ仲間っ！
「はあ？　お前と一緒にすんじゃねーよ。俺は今日だけだし」
　え??　違うの??
　うわーー！　だったら言わなきゃよかった……。
　これじゃあ、私はいつもギリギリ勢です！　って言ってるようなもんじゃん……。
「お前はギリギリ勢なんだな」
　ってにやにやしながら聞かれるし！
　ああ〜失敗した！　私のバカ！
「もう、いいから早く学校行こ！」
　いつまでもここにいたって仕方ないもんね！
　さっさと学校行かないとっ！
「どうせ遅刻だし。一限は出なくていーや」
　は？
　いやいやいや！　ちょっと待て！
「あなたはサボり魔の不良ですか？　それとも授業聞かなくてもわかるとかいう、ムカつく天才頭脳の持ち主ですか？」
　まあ、どっちにしても……。
「あんたがサボるのはどうでもいいけど、私は授業をサボるような不良でもないし、頭もよろしくないからサボるわ

けにはいかないの！　わかる？」
　一瞬、私の迫力にあ然として、
「っふ、はは」
　いきなり笑いだす。
　え？　なに？　私は至って真剣なんだけど……。
「お前、やっぱおもしれーわ。見てて飽きない」
「な……！」
　人が真剣に言ってるのに、面白いってなにさ！
　とツッコミたかったけど。
　あまりに、あまりに黒木琉斗の笑った顔が……キレイでカッコよくて、目が離せなかった。
　シャクだけど、見とれてしまう。
　いつもは睨んでることが多い二重のブラウンアイが、今は優しくて、目尻が下がっている。
　ふわっとセットされている黒髪も揺れている。
　嘘……こんなに素敵な笑顔だなんて知らなかった。
　いっつもムスッとしてたから、わかんないじゃん。
　やばい、ちょっと予想外。
　かなりカッコよくて、直視できない。
　自分の顔に熱が集まってくるのも、心臓がドキドキしているのも感じる。
「なんだよ、顔そらして」
　の、覗き込むな～！　タンマ！　タンマ!!
「べ、別に？」
　って言うのが精いっぱいだからね??

「は？　なんだよそれ、まあいいや」
　と言って歩きはじめる黒木琉斗。
　え？
「どこ、行くの？」
　私が聞くと、黒木琉斗はポケットに手を突っ込んだまま顔だけで振り返る。
「学校。行くんだろ？」
　え……。
「あんたも行くの？」
　意外。サボるのかと思った。
「別に。気分的に行こうと思ったんだよ、お前がいるからとかじゃねーからな、勘違いすんなよ」
　あー、はいはい。わかってますよ〜だ！
　だーれがそんな勘違いするってんだ。
　でもま、一緒に行ってくれるなら心強い。
「行こっか！」
　走って、黒木琉斗の隣に並ぶ。
　もうすぐそこだった学校についた、のはよかったんだけど……。
「なぜ門が閉まってるんだ!!」
　そう、校門が閉まっているのだ。
「点呼(てんこ)終わってるしな……仕方ねーな」
　鞄(かばん)を地面に置いて両手で門の柵を持つと、軽々と門を超える。
　おお〜！　すごいすごい！

ムカつくくらい鮮やかだなあ……。
　だけど、私だってできるもん！
　頭ではおよばなくても、体力なら……！
「よしっ！　行くっぞ〜!!」
　って言って、門を飛び越えようとしたとき。
「おま……！　ちょっと待て！　お前はスカートだろうが!!」
　あ、やばい。忘れてた。
　ん？　てことは!!
「私だけ入れないの??」
　うわーん！　私の授業がああああ！
「はー、ったく……」
　ため息をついて、また門に登る。
　そして、
「ほら」
　私に手を差し伸べる。
　ん？
　あ！　そういうことか！
「はい、どーぞ」
　私は黒木琉斗の鞄を手渡す。
「なんでそうなんだよ……普通に考えてお前ろーが……」
　え！　あ！　私ですか！
　あ、私を引きあげてくれる的な??
「いやでも、かなり重量ありますよ？」
　結構な迷惑がかかる気が……。
「早くつかめ」

あ、私の言葉は聞いていただけてないのでしょうか？
　うーん。
　考えても仕方ない！
　私学校行きたいし！
　もういいや、この際つかんじゃえ！
　ギュッと手首をつかむと、すぐにグイっと引きあげられる。
「その辺に足かけろ」
「う、うん」
　なんか、思ったより黒木琉斗の手首は太くてがっしりしてて、私の手首をつかむ手も大きい。
　細身だから筋力ないのかと思ってたけど、意外にそんなことないのかもしれない。
　ギュッとつかまれる手首が熱い。
　つかんでいる手首から、黒木琉斗の早い鼓動が伝わってくる。
　私も、きっと同じくらいに脈拍が早い。
　なんだか、ドキドキするのはなんでだろう？
　体が縮こまって緊張してるのはどうしてだろう？
「……ふぅ」
　呼吸がしにくい。
　なんて私が思ったとき。
「っ、あっぶ、な！」
　そんなときに聞こえた黒木琉斗の声。
　その直後に、重力に従って落ちる体。
「い、ってえ」

地面に落ちた衝撃(しょうげき)はある。
けど、あれ？　痛く、ない？
ん？
「わあああぁ!!!」
私、黒木琉斗に抱きしめられてる!?
ちょ、あ、う！
ああああ！
なに私押し倒したみたいになってるの??
あわわわわ!!
「す、すみませんでしたーー!!」
バッと勢いよく立って、走りさる私。
緊張した……。
ダメだ！　なにこれ。私おかしい!!
黒木琉斗に触れられた部分が、熱い。
顔の熱が引かない。
心拍数が急激に上がってるのは、走ったから？
なんでこんなことになってるの??
自分で自分がわからない。
昨日は、抱きしめられたって平気だったのに。
なんで、なんで今日はこんなに落ち着かないんだろう？
そわそわして、ドキドキして、黒木琉斗が気になるんだろう。
あいつが告白してきた相手だから、だから必要以上にドキドキする、だけ、なのかなあ……。
なんて思いながら、ふらふらクラスまでつき、ドアを開

けて、私が先生に怒られたのは言うまでもない。

「あーーーつーかーれーたー」
　私が初めて遅刻をしてから数日がたった。
　今日は数学に英語に物理がある日。私にとっては週の中で一番嫌いな日だ。
　そんな日の放課後。
　私はふと気づいた。
　期間は１週間。
　にもかかわらず、遅刻事件以来、私と黒木琉斗はまったく話をしていないということに。
　ひと言も話してないんだよ!?
「おはよう」とか「こんにちは」とかの挨拶もだよ!?
　おかしいじゃないかっ！
　なんなんだーー！　アピールしてくるんじゃなかったのかっ！
　告白だけ、惚れさせる、なんて言うだけ言っといて、なんで、私のこと放っておくの？
　あんなこと言われて、黒木琉斗が気にならないはずないじゃん……！
　なんて思ったところで、なにも変わらない。
　そして、数日間あいつを見ててわかったこと。
　あいつは、ものすごくモテる。
　いつも女の子の集まる場所にはあいつがいる。
　ファンクラブまで存在するらしい。

そんなやつがどうして私を選んだのか、すごく不思議でならない疑問だった。
「っていうか、なんで私がこんなに頭悩ませなきゃいけないんだ‼」
　あーもう！　ムカつくムカつく！
　あいつのことで頭ん中埋まるのなんて、ごめんなんだからね！
「もういいや！　帰ろう！」
　半分投げやりに大きすぎるひとり言を言って、教室をあとにする。

　学校から家への帰り道、広い公園を通ることになっている。
　いつものようにそこを通っていると、小さな子供たちが無邪気(むじゃき)な笑顔で遊んでいた。
　その様子はとても楽しそうで、目がキラキラしている。
「いいなあ〜私もあのくらいに戻りたい〜」
　なんて、できもしないことを思いながら見ていた。
　小さい頃ってさ、すっごい楽しいよね。
　砂場(すなば)でお団子(だんご)作ったりおままごとしたり！
　あとブランコとかも好きだった！
　ああ〜遊びたくなってきた〜！
　と、ふと公園内を見回すと、見覚えのある制服が目に留まる。
　ん？
　あれって、うちの学校の子？

じーっとよく見ると、おわっ!!
　黒木琉斗じゃないか！
　あんなところでなにして……。
　って思いながら見ると、小さな男の子が木の方向を指差しながら泣いている。
　まさか……！
　黒木琉斗が泣かせたんじゃ！
　あいつに睨まれたら、私だって怖くて背筋凍るのに、もしも小さな男の子だったらそれ以上に怖いだろう。
　助けに行かなくちゃ……！
　そう思ってそっちに行こうとしたら……。
　え、なんで??
　いきなり黒木琉斗は、さっき男の子が指さしていた木に登りはじめた。
　木の上になにかあるの？
　あいつから見えないように、こっそり近づいて木を覗いてみると、赤い、風船？
　え？　どういう、こと？
　私、勘違いしてたの？
　もしかしてさっき男の子が指差してたのは、あの風船のこと？
　ってことは、えっとー。つまり、こうだよね？
　さっきの泣いている男の子の赤い風船が風かなにかで飛んでしまった。
　で、それを今、黒木琉斗が木に登って取ろうとしてる、っ

てことだよね？
　うそ、でしょ……。
　あいつは泣いている子なんてほっといて帰りそうなのに。だけどっ、あの子のために風船を取ろうとしている。
　学校ではこんな姿、見たことない。
　基本いつも無愛想だし。怖いし。
　でも、ほんとはすごく、優しい……の？
　そんな姿をみていると、胸の中がほわほわあったかくなっていく。
　なに、これ？
　すっごく心地いい。
　ふかふかのあったかい布団に私の体をくるまれているみたい。
　見つからないように隠れながら木に登る黒木琉斗を見ると、木の上で足がぷるぷるしている。見ていてすごく危なっかしい。
　まさか、高いところ苦手、とかじゃ……。
　と思って顔色を見ると、まっ青、なんだけど……。
　あいつ、高いところ苦手なんだ。
　大丈夫かな、あれ、割と高さあるし、落ちたら骨折くらいは覚悟しないといけない。
　それなのに、怖い思いまでして苦手な高いところに行くの？　あんたにはなんのメリットもないじゃない。
　どうして、そこまでして取ろうとするの？
　むしろ、学校では無理なことはしない。

できることしかしない、そんな感じがした。
　学校での彼とは、まったく違う人みたい。
　なんて思っていたとき、黒木琉斗が細い枝に足をかけようとする。
　　折れちゃう!!
「危ないっ!!」
　気づいたら声に出ていた。
「……え、？　っ!?」
　そんな私の声に反応したのか、不思議そうな顔でキョロキョロする黒木琉斗。
　その瞬間、声と同時に風船をつかんで、あいつの体が落ちていく。
　　いや!!
　ぎゅっと目をつぶる。
「……あっぶな」
　え？
　恐る恐る目を開けると。
　落ちて、ないの？
　あいつは木の枝に、片手でつかまっていたみたいだった。
　はあ、よかった……。
　力が抜けて、ふわふわとしゃがみ込んでしまう私。
　心配、したじゃん。
　心臓に悪いようなことしないでよ……私の寿命、５年は縮んだよ！
　まったくもう、ふう……。ほんとに怪我しなくて、よ

かった。
「お前、男だろ。こんぐらいで泣くんじゃねーよ」
　そう言ってまたいつもの無愛想な顔で、赤い風船を男の子に手渡す。
「うん!!　お兄ちゃん、ありがとう！　ぼく、もう泣かない！お兄ちゃんみたいなかっこいいヒーローになるんだ！」
　輝くような笑顔で無邪気な言葉を言う男の子に、少し顔を赤くして顔そらす黒木琉斗。
　ああ、わかった。無愛想じゃなくて、不器用なんだ。
　素直に嬉しいって言えないんだ。
　きっと、すごく嬉しいはずなのに。
「じゃーね！　お兄ちゃん！　ありがとう～」
　風船を持って嬉しそうに帰る男の子。
「おう、じゃーな」
　そう言って、あいつはすごくすごく優しい笑顔で、男の子を見てるんだ。
　夕日に照らされたあいつの笑顔に、胸がきゅっとする。
　かっこいい……。
　なんだろう、私。
　あいつを見てると、いろんな感情が湧いてくるんだ。
　変なんだよ。
　ドキドキして心があったかくなったり、きゅっとしたり、体が熱くなって鼓動が早くなったり、すごく……心配したり。
　これは、なんなんだろう？

もう一度話してみたら、触れてみたらわかるのかな？
　自然と、体が動く。
　磁石のように吸いつけられた。
「お、まえ!?　いつから……」
　気づいたら、手を握っていた。
　そんな私に驚く黒木琉斗。
　視線が合う。
　握った手が熱い。
　鼓動が早くなる。
　最近、こんなことばっかりだ。黒木琉斗と出会ってから。
　ああ……そうなんだ。
　手を握って、視線が合ったその瞬間。
　気づいてしまった。
　気づいた瞬間、世界がまったく違って見える。
　私の中の細胞が全部、新しく生まれ変わったみたい。
　ああ、きっと、私は……黒木琉斗が、
「……好き」
　なんだ。
「は？」
　ポカーンとしてる黒木琉斗。
「うそ、だろ……マジかよ」
　今度は動揺しはじめる。
　そんな姿に、自然と微笑んでしまう。
「惚れさせてみろ！　とか強気に言ってたくせに、気づいたら好きになってたのは私の方」

少女マンガみたいにきゅんきゅんするようなセリフをいわれたとか、特別な出来事があったとかそんなんじゃない。
　ただ……。
「いつもは無愛想な顔しかしないのに、笑ってくれたあの顔が優しい瞳が忘れられなくて。ほんとは怖いのに、ケガだってするかもしれないのに無理して頑張るところとか、ほんとはすごく嬉しいくせに顔そらしてポーカーフェイス保ったり、照れたときのかわいい赤い顔とか、骨張った、力強い腕……とか。ぶっきらぼうなのに優しくて、不器用なところとか……」
　気づいたら、そんな何気ない、あんたを好きになってた。
　好きなところなんて、あげ出したらきりがない。
　ぎゅっと両手に力を込めて、黒木琉斗の左手を握る。
「あったかい手、とかが……好き。学校では、知ることができないようなあんたの違う一面が」
　もう一度、繰り返す。
　ねえ、なんで、なにも言ってくれないの？
　と思って、今まで黒木琉斗の手を見つめて下を向いていた顔を上げる。
　そのとき、
「え、わ！」
　グイッと手を引かれて、すっぽりと黒木琉斗の胸の中に収まる。
　黒木琉斗の、鼓動が聞こえる。
　その音は速くて、心地がよくて、やっぱり、私と似ている。

「……よな」
　耳元で、なにかを言われる。
「え？」
「ほんと、なんだよな」
　その声は震えていた。
　なんとなく、その声がかわいくて嬉しく思ってしまう。
「嘘じゃない、から」
　こんな場面で嘘つくわけない。
　って、きっとあいつもわかってる。
　だけどそれでももう一度、確かめるように聞いてくるのがなんとも黒木琉斗らしい。
　私は抱きしめる腕に力を込める。
「だったら、呼べよ。琉斗って」
　また、耳元でボソッといわれる。
　あっ、今絶対照れてる。
　顔は見えないけど、絶対かわいいって想像できる。
　もう、素直に言えばいいのに。呼んでほしいって。
　ふふっ。
　でもね、言えないのが黒木琉斗。
　そんな不器用さが黒木琉斗なんだよ。
「琉斗」
　たったひと言、呼びかける。
　それと同時にバッと離れて、琉斗はしゃがみ込む。
　え？　なに？
「今、こっち見んじゃねーぞ！！」

ん？
　うーん、あのですね。そう言われると、やっぱり見たくなるのが人間というものなのですよね！
　人間の本能ってやつだよ！
「なーにしてんの♪」
　と、覗き込むと。
　て、れてる？
「バ、バカ！　見んじゃねーよ！」
　また顔をそらす。
　でも私、見ちゃったもん。
　ほっぺたが赤く染まったかわいい顔した琉斗を。
　それを一生懸命隠そうとする琉斗を。
　やっぱり、照れるとめちゃめちゃかわいい。
　そんな琉斗を見ていたら、つい言いたくなったんだ。
　ちょっと、素直になりたいなって。
「ねえ、琉斗。私を彼女にしてください」
　夕焼け色の空の下。
　私は琉斗の耳元でそう言ったんだ。
「っ！　……別に彼女に、してやっても……いい」
　ふふっ！
　ほんとは嬉しいくせに。
　隠さなくたっていいのに。
　あまりに素直じゃない琉斗に、本当に笑いそうになる。
　そんな琉斗を見て思う。
　ねえ、琉斗。

まだ私の知らない君の一面を、たくさんの表情を、私だけに見せてほしいな。
　なんて思うのは、すでに琉斗にかなり惚れてる証拠。

　　　　　　　＊＊＊

「へー、そんなことがあったんだ？」
　英里はいいこと聞いたって、満足そう。
「昔は王子も今よりは素直だったのね」
　確かに。あのときも相当だけど、今に比べちゃかわいいもんだ。
「琉斗も昔くらいだったら、素直になれないかわいいやつ。で済むのにね〜」
　どこで血迷ったのかしら？
「そういえば、唯もこのときは王子に愛されてたのよね？」
　瑠璃に聞かれる。
　愛されてたって言っていいのかわからないけどまあ。
「そんな感じかな」
「じゃあ、いつぐらいから唯は王子への気持ちを忘れようとしたのよ？」
　ああ……それはですね。
「深〜い深〜い、わけがですね……」
「もう！　小芝居いらないから！」
　英里さん怒らないで〜、真面目に話すから！
「付き合って、1ヶ月くらいかな？　それくらいまでは、な

んていうか、まあそれなりに学校で話したり一緒に帰るとか、ちょっとカップルぽいことはしてたんだけどね……。2、3ヶ月くらいたったころから、日に日に私に対する態度が雑っていうか、まわりの女の子以下になっていったのですよ……。だから、ああ～しょせんは遊びだったのかな～なんて思い始めてんだ。ちょっと切ない気持ちになったのもちょうどその頃で、琉斗への気持ちも忘れようとしたんだ」

　確かそのあとくらいかな？

　もう、寂しさの欠片もなくて怒りも通りすぎて、逆にふざけたくなったのは。

「で、結局ふたりはすれ違っていただけで、今に至る。と」

　ちょ、英里??

　そんな完結に??　たくさんのエピソードがあるというのに!!

「まあ、よかったじゃない。王子とも復縁？　できたんだし」

　瑠璃様～！

　その節は大変お世話になりました。

　それに、

「なんかふたりに話してたら、琉斗好きになったときのこと思い出してきた！　ありがとう！」

　忘れかけてた、好きって気持ち。

　ふたりに話せてよかった。

「俺がなんなんだよ」

え！　どわあ！
　いきなり声かけないでよ。
「琉斗っ！」
　なぜここに??
「おっ、噂をしたらなんちゃらじゃん！」
「ちょうどいいから、王子にもそのときのこと聞きましょうよ？」
　え！　まだ聞くの??
　しかも今度は琉斗って……。
「は？　なんだよそれ」
　そんな怪訝そうな琉斗は無視されて。
「ね、どうして王子は唯を好きになったの？」
　キラキラした瞳で聞く英里。
　あっ！　それね！
「は？　言うわけねーだろ」
　ケチ琉斗！
　いいもんね。私が言っちゃうんだから！
「なんかね、私も昔それ聞いたんだけど」
　１年たった今でも忘れない。多分ずっと。
　なんて言ったと思う？
「そしたら『それは、お前が池田唯だから』って言われたんだよねっ！」
「きゃーーー！　素敵！」
「さすが王子。セリフも王子様ね」
　ふたりにそんなふうに言われた琉斗は、

「クソっ、てめぇなんで言うんだよ！」
　案の定顔を真っ赤にしていた。
「えー？　別に―減るもんじゃないし～？」
　ってとぼける。
「お前なあ……！」
　そんな琉斗にニコッと笑いかけて駆けよった。
「好きだよ」
　そう耳元で言って。
「っ、……ムカつく」
　って返される。
　けど、真っ赤になって言われても説得力ないですよ？
　久しぶりに言葉にした好きって言葉。
　言うのは少し照れくさいけど、心がほわんとあったかくなる、素敵な魔法の言葉。
　琉斗をいつ好きになったのか、きっかけは私自身よくわからない。
　それでも、今は琉斗が好きって自信を持って言えるから。
　だからきっと、明日も明後日も未来はキラキラ輝いてる。

学園王子の憂鬱な悩み。

【琉斗side】
　朝の騒がしい教室で、自分の席に座りながら考えていた。
　俺には今、悩みがある。
　どうしたらいいか、解決策を考えている。
　けれど、そんなのはお構いなしに……。
「っほら、唯行け！」
　宮坂と相葉に背中を押されて、あいつが俺の前にぽんっと現れた。
「っわ、押さないでよ……。琉斗、ハ、ハロー？　あ、のさ～、そのぉ～」
　いつもはド直球のくせに、今日は歯切れが悪い。
　視線があっちこっちに動く。
「なんだよ？　はっきり言え」
　つい、強い口調になってしまう。
「ハィイイ！　言うから睨まないでー！　睨まないで琉斗!!」
　……別に睨んでるつもりはねぇーよ。
　ただ、こうでもしないと顔の筋肉が緩みそうで。
　唯と話をしていることが嬉しくて、ニヤけてしまうことになる。
「あの、さ……私たち付き合って、1年はたってるじゃん？」
　右手で髪をいじりながら、照れくさそうに言う唯。
　こいつはなにが言いたいんだ？

「まあ、そうだけど」
　だからなんだってんだよ。
「いや～、あの……そろそろデートとかしてみたいな～、なんて！　いや、うん！　琉斗が嫌ならぜんっぜんいいから！」
　そうまくし立てて自己完結した唯は、ほのかに顔を赤くしてうつむいている。
　なんだよ、素直にデートしたいって言えよ。
　そんな照れた唯の表情なんて、滅多に見られない。
　つーか、すげーかわいい。
　やべえ、滅多に見せない、そんな顔見せられたら……。
「じゃあ、するか。デート」
　柄にもないことを言ってしまう。
　なんだよ、こんなのいつもの俺らしくねーじゃねぇか……。
　言ったことを後悔する。
　けど、次の瞬間。
「え！　いいの??　ほんとに！」
　すげー嬉しそうな顔。
　そんな顔を見た瞬間、俺らしいどかどうでもよくなって。
　顔の筋肉の緊張が解けて、ニヤけてしまいそうになる。
　俺、惚れすぎかよ……。
「……別に、お前が行きたいなら」
　もちろん、そんな思いは口にはせずにいつもどおりのポーカーフェイスを保つ。
「うん！　行きたい行きたい！」

嬉しそうに顔を輝かせる唯。
　おい、やめろよ。
　満面の笑み、俺に向けんな。
　マジでやべえ。
　少し赤くなった顔を見られないように、片手で口元を覆う。
「琉斗？」
　唯のぱっちりとした瞳が、俺の顔を不思議そうに覗き込んだ。
　これ以上はマジでやべえ！
　近づきすぎだ、バカ！
「っ、なんでもねぇよ」
　焦って席を立つ。
　そしてそのまま顔に集まってくる熱を逃そうと、廊下に出ようと歩きだした。
「え、ちょ！　琉斗ー！　どこ行くのさーー！」
　驚く唯に赤い顔を見られないようにして言う。
「用、思い出した。あとは任せる」
　はいー？　って言ってる唯の声が聞こえたが、今はそれどころじゃなくて。
　とりあえず、非常事態だから……。
　と、勝手にひとりで言い訳して、廊下の窓にもたれかかる。
　やっと、落ち着いて呼吸ができる。
　はあー。ひと呼吸おいて、小さな声で呟いた。
「マジで、かわいすぎんだろ……」
　唯との距離の取り方がわからない。

それが今、俺の最大の悩みだった。
　あいつが涼太と浮気的なのをしていたときは、かなり距離があった。
　会話も全然なかったし、ましてや笑顔なんて俺に向けられることもなかったんだ。
　けど、今は違う。普通のカップルみたいにしゃべったり、あいつが笑いかけてくれることも増えた。
　だから、こそ……だ。
　いきなり普通に笑いかけられると嬉しい反面、俺の脳みその中のなにかがぶっ飛んで……なんだ、その、すぐに唯に触れたくなってしまう。
　しかも、あいつを抱きしめるだけじゃ足りなくなってしまいそうなんだ。
　つまり、今までとのギャップが大きすぎて……目の前にいる唯がキラキラして見えて、あいつの前で平静を保てないんだ。
　特に、距離が縮まったときには。
　正直言って、近づきすぎると気持ちが止まらなくなりそうで、かなりやばい。
　だから最近は、一定の距離までしか近づくことができなかった。
「これを、どうしろって言うんだよ……」
　解決策がわからない。
　はあ、ほんとに困る……。
　唯と距離を置きたいとか、そういうのではない。

そばにいたいし、いてほしいとも思う。
　けど、この状況はまずい。
　いつ、なにをしてしまうかわからない。
　どうにかしねーとと思いつつ、とりあえず必要以上に唯に近づきすぎない。そう決意して教室に戻った。

　教室に入るとまだホームルームは始まっていないようで、賑やかだった。
「おー、琉斗ー。どこ行ってたんだよ？」
　そんな中、屈託(くったく)のない笑顔で話しかけてくるのは涼太だった。
「いや、少し涼みに」
「は？　涼みにって……？　今、夏じゃねーけど」
　本気で不思議そうな顔をする涼太。
　そういえば涼太も、唯ほどではないがアホだった。
　まあ、リアルなツッコミは求めてねーけど。
　まだ不思議そうに首を傾げる涼太に聞く。
「なあ、どうしたらポーカーフェイスって崩れねーの？」
　涼太がは？　って顔をする。
　けど、次の瞬間。
「ふははは！　やっべー！　なんだそれー!!　琉斗がそんなこと言うとか珍しいなっ！　ぷ、ははは!!」
　涼太はこれでもかというくらい笑い始めた。
　おい、涼太。俺真剣に聞いてんだけど。
　なんでそんなに笑うんだよ！

ムカつくからギロっと睨んだ。
　そんな視線に気づいたのか、笑うのをやめる。
「別にポーカーフェイス崩れたっていいじゃねーか。そのほうがきっと唯だって喜ぶと思うぞ？」
　ニヤッと笑って言われる。
　は？　俺、唯の前でとかひと言も言ってねーよな？
　くそ、なんでもお見通しってわけかよ！
　とは言わない。
　これ以上図星だと思われるのは、ムカつくから。
「考えとく」
　だから、こんな短い言葉で。
「ふは！　相変わらず素直じゃねーやつ！」
　はあ？
　なんなんだよ、涼太は。
　昔はもっと、ぼーっとしてるやつだったのに。
「いつから人の心、読むようになったんだよ……」
　そんな小さなつぶやきにも答える涼太。
「だてに10年、お前の友達やってないんでね？」
　そうか、涼太に会ってから10年もたってんのか……。10年もあれば、変わるよな。
　こいつに唯を奪われそうになって、何度ムカついて殴りたくなったかわからない。
　10年たった今でも、涼太の屈託のない笑顔は全く変わらない。
　そして、その表情に何度も助けられていることも。

「つーか、唯たちなんか盛りあがってるけど」
　涼太に言われて見てみてると。
「ほら！　ここはこうしたらかわいいんじゃない!?」
「やっぱりここは、デートスポットとしてはずせないと思うの」
「うん！　どっちもいい！　これなら、琉斗ドキドキメロメロ大作戦、略してドキメロ作戦も大成功だね!!」
　そんな会話が聞こえてくる。
　は？　琉斗ドキドキメロメロ大作戦？　なんだそのネーミングは。
　無駄に長ったらしいし、第一そんな変な作戦に俺の名前を使わないでほしい。
　おい、涼太！　さっきから笑い堪えてるの見えてるからな！
「やっぱりお前の彼女さんは、面白えーな」
　こいつは完全に楽しんでるよな。
　唯も俺に聞こえるような音量であんな話をしないでほしい。
　もう一度チラッと唯のほうを見ると目が合った。
「うえああ！　琉斗、いたの??」
　焦ってる顔は相変わらずのアホ顔だ。
　見てて楽しい。
「あの、話……聞いてた？」
　なんて、ちょっと不安気に聞いてくる唯が新鮮で……。
「いや、なにも」

聞いてないふりをする。
「わ！　ほんと！　よかった〜」
　ニコニコと、心から安心しているような表情。
　っ、だから！
　あんまりそんな顔向けるな……！
　俺に見せてくれる表情が増えたのは、もちろん嬉しい。
　けど、そんな表情をみるたびに俺は自分と葛藤していた。
　それはかなり複雑で面倒で、自分に打ち勝つのは大変だった。
　もちろん、そんなことを俺が思っているのを唯が知るはずもなく、
「あっ、そうだ琉斗！　デート、明日でもいい？」
　話がどんどん進んでいく。
　つか、
「明日って、ずいぶん急だな……」
　なんでそんな急ぐんだよ。
「私は気づいたんだよ！　明日は第３金曜日だから、午後の授業ないでしょ？　それで次の日は土曜日だから、学校休みなんだよ！」
　どう？　すごいでしょ？　って言わんばかりのドヤ顔だな。
　ほんとに、こいつの表情ってコロコロ変わって飽きねーわ。
　また口元が緩みそうになる。
「てことは、放課後に行くってことか？」
　だけどやっぱりまだ、素直に笑えるわけではない。
「そーゆうことさ！　さっすが琉斗！　わかってる☆」

目から星が出てきそうなウインクを見せてくる。
　前から思ってたけど、唯にアホなことさせると天才的だと思う。
　なぜか、妙にこういう仕草が似合う。
「了解。じゃあ、明日の放課後な」
　と言ってその場を離れる。
「お前は顔にださなすぎ。もっと感情だせよ、そんなんだと今度こそ唯を奪われっぞ？」
　廊下を歩きながら涼太に言われる。
　まあ、こいつなりに心配してんだよな。
　まったく、お節介なやつだ。
「わかってる」
　でも、涼太のお節介がなきゃ、今の唯と俺はいない。
「だったらもっと……！」
　まだなにか言いたげな涼太に、俺は言う。
「あんま感情出すと、抑えられなくなる」
　そのまま、全部言ってしまいそうで。
「は？」
　不思議そうな涼太が立ち止まって、俺の顔を覗き込む。
　そのまま、じーっと目を見られた。
「な、んだよ」
　またさっきみたく笑ったら、許さねーと思いながら睨らみ返す。
「いやー、かわいいやつだな。と思って。ま、精々頑張れよー」

フッと笑ってヒラヒラと手を振って去っていった。
　……は？
　かわいいやつ？
　なんなんだよ！　かわいいやつってのは！
　ったく、涼太のやつムカつく！
　と思いながらも、さっきの涼太の言葉を思い出す。
『お前は顔にださなすぎ。もっと感情だせよ、そんなんだと今度こそ唯を奪われっぞ？』
「はあ……」
　ため息をつく。
　確かに、涼太の言うことにも一理ある。
　あまりに言葉にださないと、前みたいに唯を失うことなってしまう。
　ただ……わかっては、いるけど、最近のあいつはマジでかわいすぎんだよ。
　だから、あまり唯に近づいたり、感情出すと本気でなんかやばい気がするんだ。
　相変わらずヘタレだよな。ほんと自分で情けなくなってくる。
　けど、誰かに奪われる気なんてない。
　あんな面白くてかわいいやつ、探したっていーから。
　なにがあっても、あいつの手は離さないって決めてんだ。
　誰にも譲ってなんかやんねーよ。

　翌朝。

俺は今、とても眠い。
　半分眠りながら通学路を歩いている。
　今日の放課後デートのことを考えていたら、一睡もできなかったんだ。
　自分でも、そんなに楽しみにしていたとは思っていなかった……。
　ほんとに自分が情けねぇ。
　遠足が楽しみで寝れない小学生かよ。
　付き合って、初めてのデート。
　楽しみにしてるのは、唯だけじゃないんだ。
　ほんとに、そろそろ自分の感情認めるしかねーよな。
　なんて思ったとき、
「琉斗！　おはよっ！」
　背中にものすごい衝撃を受ける。
　見なくたってわかる。
　俺にこんなことするのは、
「っぶな！　……唯、やめろ」
　唯だけだ。
　マジで勢いありすぎ、こけるから。
「へへっ！　今日、楽しみだね！」
　ちょっと舌を出して笑う唯。
　なんだそれ。
　やべえ、朝からこんな顔見られるとか、なんなんだよ……嬉しくて気分が浮かれてつい、
「そうだな」

なんて素直な言葉を言ってしまう。
　俺が普通に同意したもんだから。
「え、あ、琉斗も楽しみなんだ！　へー、うふふっ」
　唯は少し驚いたみたいだけど、嬉しそうだ。
　つられて、俺も笑いそうになる。
　なんつーか、今日はいい日になるような気がする。

　授業を受けながら唯のほうを見ると、授業に身が入らないようでボーッとしていた。
　先生に当てられてもボーッとしてるもんだから、クラスのやつらにも笑われてる。
　まあ、いつも授業なんて聞いていないんだろうけど……今日はボーッとしすぎじゃね？
　楽しみすぎて……とか？
　だったら、嬉しくてひとりでニヤけそうになる。
　そんな四時間目の授業も終わり、気づけば帰る時間になっていた。
　よし！
「唯、行くか」
　浮かれているのを悟られないように平然を装って、まだ席に座ってる唯に声をかける。
「ん？　……あ、琉斗！　行こっか！」
　やっぱり、なんかボーッとしてんのか？
　と思いつつ、浮かれてる俺はデートに向かう。
「そういや、どこに行くんだ？」

俺、こいつに任せっきりじゃねーか。
　もう少し、考えてやればよかった。
　こういうのは、男が決めるもんだよな。と今更後悔しても遅い。
「ん～、学校の最寄り駅にショッピングモールあるでしょ？　そこにね、オシャレなカフェがあるの。そこでなんか食べて、その後映画でも見ようと思って」
　そう言って笑う唯は、なんかいつもより元気がないように見える。
　目も表情も、心なしか輝きのようなものがなく弱々しい。
「唯、なんかあったか？」
　俺が聞くと、
「ん？　なにもないよ？　さっ！　ケーキ食べに行こ！」
　っていつものような口調で元気に先を歩く唯。
　けど、やっぱりなんか違う。
　なんだよ、俺にも言えねーことかよ。
　唯のくせに、ムカつく。
「なあ、唯なに隠し……」
「そーだ！　琉斗、ケーキ半分こしよーね？」
　都合が悪いことを言われそうになると、すぐに遮る唯のくせ。
　絶対、なにか隠してる。
「俺、ケーキ食わねぇから、お前がふたつ頼めよ」
　それがなんなのか、絶対今日中に確かめてやる。
「えー、それじゃあ意味ないもん！　私は"彼氏と半分こ"

がしたいんだもん!!」
　は？
　待て。こいつ、こんなこと言うやつだったか？
　いや、まあ普段はド直球で素直だけど、手繋ぎたい！とか、デートしたい！　とか、恋愛に関する本音はあまり表には出さないやつなんだ。
　だからいつもは俺が汲み取らなくちゃならない……はずなのに、なんで今日はそんなハッキリ言うんだよ！
　しかも、かなりかわいいんだけど……。
　いやまあ、確かにわかりやすいし、有難いけど、あまり直球なのも困りものだ。
「ねえ、ダメ？」
　っ、なんだそのおねだりの仕草は！
　ズルいにもほどがある。
　そんな"彼女としてのお願い"をされて、嫌だなんて言うやついねーし！
「別に、いいけど」
「へへ〜。やったね！」
　つーかなんだ？　今日の唯は唯っぽくないっていうか……どこか違う気がする。
　なんて思っていると。
「ほらー！　琉斗ー、着いた着いた！」
　って嬉しそうな声が聞こえてくる。
　まあ、唯が嬉しそうならいいか、なんて思ってしまう俺は、つくづく唯に甘い。

「んー！　やっぱりすっごい美味しい！」
　幸せそうにケーキを頬張る唯。
　散々迷った挙句、唯が選んだのはチョコレートケーキとショートケーキだった。
「でも琉斗、よかったの？　私がケーキふたつ選んじゃって」
「俺、そんな甘いの好きじゃねーし」
　どっちも唯が全部食べてもいいけど、半分にしたいっていうから結局半分にしている。
「え〜、こんなに美味しいのに、ねえ？」
　なんてケーキに語りかけている唯。
　お前は語りかけてる相手を食べるのか。
「唯、ここ。クリームついてる」
　俺は自分の口元を指して言う。
　クリームがついてることにも気づかないほど夢中で食べてたのか。
　こういうときに、チャラい男なら唯の口拭ってやれんだろうけど……んなこっぱずかしいことできるか！
　ヘタレだって言われるかも知れねーけど、それはさすがにできねー。
　はあ、そんなことできるやつの神経の太さが欲しい。と最近切実に思う。
「ん、あ。本当だ」
　そう言って、口元を拭って指に着いたクリームを食べる姿が。

なんつーか、なんだ。その、っと……。
　かなり、色っぽい。
　いつもかわいいと思うことはよくあっても、色っぽい……なんて思うことはなくて。
　最近はかわいいだけでも困っているのに、色っぽいあいつなんて……どうしたって意識してしまう。
　ますます唯との距離の取り方がわからなくなっていく。
　もう一度唯を見る。
　そして、息を飲む。
　かなり、本気でやばい気がする。
「ねー琉斗、とれた？」
　そんな中、急に声をかけられたもんだから。
「お、おおう！」
　慌てて、声が裏返る。くそ、唯のやつ、いきなり色っぽさなんて出しやがって！
「なにその変な声ー？　さっ！　お腹もいっぱいになったし、映画見に行こーう！」
　そんな俺にはお構いなしに、レッツラゴー！　と歩いていく。
　学校にいたときより元気になったように見える唯。
　口調もいつもどおりだ。よかった。
　なんだよ、腹減ってただけかよ。
　あ、さすがにケーキ代は俺が払った。唯には割り勘でいいって言われたけど、それすらしなかったらマジで俺は今日なにもしないことになる。そんなやつにはなりたくない。

つーか、待てよ。
　唯、今さりげなく映画って言ったよな？
　そういや、さっき学校で聞いたきもするけど……映画見んのか？
「な、なあ映画はまた今度でもよくね？」
　この、唯の色っぽい仕草が頭から離れない状況で、隣の席に座って映画なんか見られるか！
　俺がそんなことを考えているのを知るはずもない唯は、お構いなしに言う。
「今、面白い海外アクション映画やってるんだ！　私、それ見たいんだもん！」
　なんで今日に限って唯は、こんなにはっきり言うんだよ！　あー、くそ！
　そんなこと言われたら。
「わかった、見に行く」
　としか言えないだろーが！
　俺って、基本的に唯にあまいのか？
　はあ……でもまあ、恋愛映画じゃねーし、アクションなら大丈夫だろ。
　そう思っていた俺は……。
　バカだった。
　ほんとにバカだった。
　あのとき断固反対していれば……！　と何度後悔したかわからない。
　映画が始まって10分くらいまではよかった。

唯と目合わせなくていいし、映画に集中していれば余計なこと考えなくてよかったから。
　けど、その後すぐに唯は寝やがった。
　しかも、唯が俺の肩にもたれかかってくる。
　おかげで唯の熱っぽい息が俺の首に吹きかかる。
　その度に、ゾクっとして気になって気になってしょうがなかった。
　マジで、やめてくれ。
　映画みたいって言ったのてめーだろーが!!
　今俺がどんな気分でいるかも知らないで、スヤスヤ寝やがって！
　っんと、ムカつく！
　唯のケーキを食べる、色っぽい仕草が頭の中にチラつく。
　あーもー！　頼むからあの唯どっか行ってくれ！
　唯の頼んだショートケーキが恨めしくなってくる。
　なんで俺がこんなに惑わされなきゃなんねーんだよ……。
　はあ……。
　それでもやっぱり唯が気になってしまい、目だけでチラッと唯を見ると……。
「っ……!!」
　伏せたまつ毛は長くて、潤った唇からは規則正しい呼吸がされていて、艶めいている黒髪が少し崩れていて。
　それが、あまりにキレイでかわいくて。
　見るんじゃなかった、と激しく後悔をしていた。
　俺は左手で自分の髪をグシャっとさせる。

バカ唯、早く起きろ!!
　ったく、これ以上起きねーとなにが起こってもしらねーぞ！
　唯のくせに俺のこと惑わせすぎだ、バーカ。
　俺の気が変わらないうちに起きろ。
　なあ、本気で、マジで、頼むから起きろよ……。

　そんな地獄のような映画も終わり、辺りが明るくなる。
　もちろん、俺の頭の中に映画の内容なんてさっぱり入っていない。
「ん、くああ……あ、私寝ちゃったのか」
　唯があくびをして起きる。
　そんな能天気な唯に殺気を覚えた。
　寝ちゃったのか。じゃねーよ!!
　唯が離れてもなお、俺の右肩や首の右側は熱を持っている。
　くそっ、なんで俺だけこんな思いしなきゃなんねーんだよ！
「ほらっ、行くぞ唯！」
　ムカついて、少し強めの口調で。
　火照った顔を見られたくなくて先を歩く。
「ん？　琉斗なに怒って……っ」
　唯の言葉が途中で切れる。
　なんだよ。と思って後ろを向くと。
「唯！　どうした!?」
　苦しそうに顔を歪めて、頭を抑えてる唯がいた。

足元も心なしかふらふらしている。
「ん、別になんでもないよ？」
　また、学校で見せたような弱々しい笑顔だ。
　やせ我慢なんかすんな。
　額に手を当てると、
「あつ、……お前、熱あったのかよっ」
　かなりの高熱だった。
「大丈夫だよ、こんぐらい問題ないよ？」
　なにが問題ないだ。
　んと、バカなのはどっちだよ！
　浮かれて、唯の体調の変化にも気づいてやれねぇで。
　ずっと、唯は無理してたんだ。
「帰るぞ」
　唯の熱くなった手を引く。
　今日学校でボーッとしてたのだって、元気がない笑顔だって、いつもよりちょっとだけわがままな唯だって、全部、熱があるからだって考えれば気づけたかもしれないのに。
　もっと早く、唯に触れていれば。
　ちゃんと唯のこと見ててやれば。
　唯との距離の取り方がわからない、なんて言ってるからだ、ほんとバカかよ、俺。
「いやだ、私のせいでデート中止にしたくない……」
　唯がその場にしゃがみ込む。
「お前のせいじゃねーよ。気づけなかった俺の責任だ。それにデートはいつでもできる」

こんなんなるまで気づけないなんて、俺は唯のなにを見てたんだよ！
　とりあえず唯を家に送って寝かせることが最優先だ。
「いつでも、じゃないもん。初デートは特別なの！　人生で１回しかないもん」
　ちょっと拗ねながら言う言葉も、きっとそれは本音で。
　そうしてやりたいとも思う。
　だからってデートを続けるわけにはいかない。
　唯の手を引いて抱きしめる。
　近づきすぎると止まらなくなりそうだ、とか言ってる場合じゃねーよ。
　俺がそんなんだから唯が無理すんだろーが！
「唯、……俺が毎回、特別なデートにする。初デートだけが特別じゃなくしてやる。もっと幸せなデートにしてやる。だから、今日は帰るぞ」
　そんなふうに耳元で囁く。
　唯はその言葉に納得したのか俺の腕の中でこくんと頷く。
「約束破ったら、怒る……」
　唯はそんな言葉を言うけどやっぱり、話す言葉に力がない。
　唯がこんなになるくらいだから、相当な熱があるんだろう。
　ごめんな唯、気づいてやれなくて……。
「ちゃんと守るから、帰るぞ」
　そう言って唯を背負った。
「琉斗、私重い」
「重くねーから寝とけ」

むしろなに食ってんだ？　ってくらい軽い。
　唯を乗っけながら早足で歩いていると、息をする音しか聞こえなくなった。
　寝たのか。
　と安心して気を抜く。
　それと同時に少し手を緩める。
　けれど唯はそれが嫌だったのか、寝ているはずなのに、ぎゅううううっと俺の首に抱きついてくる。
　おい、苦しい、唯！　俺を殺す気か！
　離せ!!
　それと……胸当たってるからな!!
　多分本人は無意識なんだろうが俺にとっちゃ、一大事なんだよ!!
　あーくそっ！　唯の家につくまでこの状態って……。
　はあー、生き地獄かよ……。
　なんて自分と葛藤しているうちに、唯の家の前まで来ていた。
　唯の家には、学校の帰りに何度か送ったことがあった。
　——ピンポーン。
　インターフォンを押すが、誰も出てこない。
　いつもなら母親が出てくるはずなんだが……。
　もう一度押してみても、出てこない。
　留守か……。
　ったく、こんな急いでる時に。
　しかたねー、唯を起こすか。

「唯、今日親は？」
「ん、あ……今日はふたりの結婚記念日だから、お出かけして泊まってくるって……」
　は？
　ということは……。
「帰ってこないのか??」
　この状態でひとりにして大丈夫か？
「大丈夫……琉斗ありがとう、後はひとりでやる」
　と言って俺の背中から降りる。
　どこが大丈夫なんだ。
　足元はフラッフラだし、これは、階段で絶対こける。
　とりあえず、部屋までは運んだほうがよさそうだ。
「唯、部屋入っていい、か？」
「うん、いい」
　弱々しいが許可をもらったところで、すぐにかなり弱っている唯を担ぎ上げて、2階にあるという唯の部屋に向かう。
　唯が教えてくれた部屋のドアの前。
　いや、ここで緊張してる場合じゃないんだろうけど、やっぱり初めて入る唯の部屋だ。
　緊張する。
　そんなこと言っている場合じゃない！　早く唯を寝かさなきゃなんねー。
　深呼吸をする。
　よし。
　──ガチャ。

意を決してドアを開けると、白を基調とした明るい唯らしい部屋があった。
　ベッドに唯を寝かせ、布団をかける。
「ごめんね、琉斗」
　悲しそうな表情の唯。
「お前はなんも悪くねーよ、寝とけ」
　唯の頭をくしゃっと撫でる。
　気づけなくてごめん。
　もっと、大切にするから。
　心の中でそんな決意をして。
「じゃ、俺帰るからな」
　心配だけど、あまり長居するわけにはいかない。
　布団をかけて帰ろと、唯に背を向けたとき。
「やだ、そばに……いて？」
　俺の制服の裾をつかんで、そんなかわいい言葉を言う。
　熱のせいで潤んだ瞳で、そんなふうに上目遣いで。
　そんな誘惑につい、のってしまいたくなるけど、ダメだ、ダメだ！　多分俺は今ここにいたらおかしくなる！
　と本能がそう言ってる。
　だから、唯は心配だけど。
「俺、今日用事あるから。ごめん」
　ここにいるわけにはいかない……！
「そう、だよね。わがまま言って、ごめんなさい」
　俺の制服から名残惜しそうに手をはなす。
　シュンとしてしょんぼりする唯。

ちょっと待て。なんだこれは？
　これは……かわいすぎんだろーが！
　いつものアホみたいなキャラがないせいか、すげえ素直でかわいい。
　そんなやつ、ひとりにしておけない。
　最終的には誘惑に負け。
「わかった。少しだけな」
　なんて言ってしまう俺は、本当に唯にも自分にも甘いと思う。
「ほんと……！」
　パアッと輝かせる笑顔に、また鼓動が早くなる。
　なあ、なんなんだよ。
　このかわいすぎる生き物は！　俺をこれ以上どうする気だ！
「じゃ俺は、飲み物もってくるから、お前は着替えとけよ。勝手に冷蔵庫開けるぞ」
　そう言って、唯の部屋を出る。
　一旦外にでて、頭冷やさねーと。あんな唯を目の前にしてなにもしない自信がない。
　あいつ、熱がでると素直になんのか？
　だったら、あまり素直なのは困りものだ。
　そんなん、俺の心臓がいくつあっても足りねー。
　普段の唯がこんなに素直だったら、俺の悩みはもっと大きなものになっていたはずだ。
　本当によかった。普段の唯が素直すぎなくて。

とため息をつく。
　冷蔵庫を開け、麦茶のペットボトルを手に取り唯の部屋に戻る。
　コンコンとドアを叩くと「はあーい」という間延びした声が聞こえてくる。
「ほら、これ飲んで」
「琉斗、ありがとう」
　さっきより口調が元気になったか？　と安心したのもつかの間。
　ベッドからおりるときに、足を踏み外しそうになる。
　やっぱり全然本調子じゃねー！
「っぶな……！」
　慌てて、唯の体を支えた。
「唯、あぶねーだろーが！」
　ほんと、フラフラじゃねーか。
　ほっといたらぶっ倒れそうだ。
「へへ〜、琉斗のこと捕まえた〜」
　は？
　と思いつつ、顔が赤くなっていくのがわかる。
　なんだよそれ、かわいすぎんだろ……！
　誘惑してる自覚あるのかよ！
　俺の心配をよそに、唯はそのまま抱きついてきてそんなことを言う。
　破壊力が、やばい。
「ふふ〜琉斗のこと離してあーげないっ！」

なんか異常にテンション高い。
　つーか、ほんとにやべえから！
　いつもこんなこと言わないぶん、余計に効いてくる。
　このままだといろいろ……!!
　と思って唯を引き離して、
「ほら、寝ろ」
　って言ってベッドに寝かせる。
　そのことに唯はムッとしたのか、
「やだ！　琉斗から離れたくない！」
　っ、いつもこんな言葉、言われることのほうが少ないからかなり嬉しいのは事実。
　けど、それ以上に……！
　あー、くそ！　さっきからなんなんだよ！　これでもギリギリ保ってんのに、なんで誘惑してくんだよ!!
　お前は病人なんだから寝てろ！
　という想いだけで俺の頭いっぱいいっぱいだ。
「唯、寝ないと治んねーぞ？」
　なだめてベッドに座らせようとしても……。
「前から思ってたけど！　琉斗はどうして私に好きって言ってくれないの？　なんでかわいいとか、似合ってるとか言ってくれないのさ！」
　今度は怒り始めた。
　的を得た質問に俺の心臓がドキッとする。
　なんで言わないのかって言われると、
「いや、それは……」

常に思ってるけど言葉にできない、なんて言えない。
「そりゃあさ、琉斗が不器用だから言葉にできないっていうのは知ってる……。でも、たまには私だって言ってほしいもん！　かわいいって、好きって聞きたいもん！　ん〜ん!!」
　ベッドでバタバタと暴れはじめる唯。
　はあー、なんでそう次から次へとかわいい反応してくるわけ？
　マジで、こんなかわいいことされると俺、なにしだすかわかんねーよ。
「もう、私のことなんて嫌いなんだ！」
　唯はプイとふくれて、布団に潜り込む。
　やべえ、こんなこと思ってる場合じゃねーけど、今日のこいつを見てると、ものすごく自分だけのものにしたいと思う。
　こんな唯、誰も見せたくない。
「嫌いなはずねーだろ」
　そう言って布団をめくる。
　怒っているような切ないような表情。
「うそだもん！　琉斗、最近キスしてくれないし、抱きしめてもくれないし〜！　全然愛情感じないんだもん！　もう私のこと嫌いなんだ！　うわああーん！」
　いきなり大声で泣きはじめる唯。
「ちょ、唯??」
　怒ったと思ったらいきなり泣いたり、ほんとに唯には

びっくりさせられる。
　けど、どちらも原因は俺であって……俺がどうにかしなきゃなんねぇんだ。
　涙を拭こうと唯に手を伸ばす。
「唯、ごめん」
　けど、その手を避けてまた布団に潜る。
　いつも、唯が言わなかったから、平気なのかと勝手に思っていた。
　でもそれは、ただ言わないだけで、いつも思ってたんだ。
　きっと風邪引いてるから、いつも思ってることが言葉に現れているんだ。
　俺がヘタレなせいで、唯を不安にさせていたんだ。唯の本音にも気づけずに。
　今からでも遅くない、伝えればいい。
　唯が素直なぶん、俺も。
「唯、聞け。俺は唯のことか、わいいって思ってるし、好き……だとも思ってる。けど……それを言うと、マジで止まんなくなりそうで、怖いんだ」
　少しでも伝わるように、俺の拙い言葉で。
　まだ唯は布団の中からでてこない。
「なあ、お前最近かわいくなりすぎたがら。今日だって。色っぽくて、お前が誘惑してくるから……。だから！　触れたら、絶対抑えがきかなくなるから。別に嫌いになるとか、そんなんじゃ……」
　そこまで言ったときに俺は、唯に抱きつかれていた。

「ゆ、い」
　名前を呼ぶとさらにきつく抱きついてくる。
　唯の腕は細い。俺の腕より半分くらいなのに、力強く一生懸命抱きついてくる。
「えへへ〜、琉斗からいっぱい嬉しいこと聞いちゃった〜」
　なんてことを言う。
　っ、くそ、こんなことダメだってわかってっけど……！
　唯の香りが近くて、熱のせいで唯の体温が熱くて、少しでも気を抜いたら、マジで制御きかなくなる。
　その上、
「制御なんて、しなくていいよ？」
　そんな言葉で俺を誘惑する。
　もう、無理だろ。こんなこと言われてなにもしない男なんていない。
　そう思った瞬間。
　今まで抑えてたものを崩壊させて、唯への想いを込めて。
「っん、ん……ふ」
　キスを落とす。
　ずっと、触れていなかったからすごく感触が懐かしくて、やっぱり柔らかくて潤っている。
　それでいて、いつもより熱っぽい。
　言葉で伝えられないぶんまで、押し付けてしまう。
「ふ、あ」
　唯の唇から、か弱い声が聞こえる。
　唯が風邪引いてるから苦しいってのは、わかってるけど

それでも、1度触れたら止められない。
　どうしようもない、好きだって想いが溢れてくる。
　ダメだ、俺。
　完璧に唯中毒だ。
「りゅ、う……と」
　そんな唯の甘くて色っぽい声にフッと力を抜いて唇を離す。
　きっと唯にとっては長くて、俺にとっては短い、15秒間のキス。
　はあ……大切にするって決めたのに、気づいたら感情で動いていた。
　だって、お前が誘惑してくるから悪いんだ、バカ唯。
　なんて思って唯を見ると、とてもポケーッとしていた。
「唯？」
　瞼が垂れていて、今にも寝そうな顔。
「眠い」
　そうひと言言うと、一瞬にしてベッドに倒れ込む。
　はああ!?
　さっきまで散々言いたいことだけ言っといて、寝るのかよ！
　ったく付き合ってらんねーよ、と思って帰ろうとすると、右手に違和感を覚えた。
　見ると、唯が俺の手を握って離さないようだった。
　寝ても覚めても、俺は唯に翻弄されんのか……。
　折角寝たのに起こすのも気が引けて、結局ベッドの横に

座る。
　そんな俺は、心底唯に惚れている。
「……ふふっ」
　どんな夢を見てるのか、嬉しそうに笑う唯。
　その笑顔に、また鼓動がはやくなっていく。
　いや、笑顔だけじゃない。
　透き通った肌に、はだけている胸元。ついでに口は半開きで。
　無防備すぎる唯を目の前に
　本気で襲うぞ！　なんて思ってしまう。
　そんな無防備な状態で俺を誘惑してくることに、きっと鈍感な唯は一生気づかない。
　だから、
「さっさと治せ、バカ唯」
　これ以上、誘惑するな。
　唯の髪をクシャっと撫でて、額にひとつ唇を落とす。
「好きだ」
　唯が寝てるのをいいことに、普段は言えない言葉を載せて。

　もしも唯が常に、今日のようにあまりに素直すぎて無意識に俺を翻弄しまくるやつだったら……。
　普段の唯にすら近づきすぎるとヤバくて、心臓がもたない俺だ。
　唯が、唯で本当によかった。
　元気で明るくて、アホで。

かなりの鈍感で、たまに照れたりする、すげーかわいい
やつ。
　それが池田唯で、常に俺を悩ませるやつ。
　きっとその悩みは、世界一、憂鬱で幸せなんだ。
　絶対、幸せにしてやる。
　だから、一生、離してやらないからな？
　覚悟しとけよ。

「っうえあ！　なんで琉斗いるの??」
　そんなうるさい声で脳が目覚める。
「……は？」
　外を見ると空が明るい。
　やべえ、あのあと俺も寝たのか……！
「ねえ、なんで琉斗いるの？　ねえってば!!」
　目の前にはすっかりと元気になっている唯。
「お前、熱下がったか？」
「はい??　私、熱あったの??」
　即、平常運転だな。
　朝なのにもかかわらず、テンション高い。
　やべ、なんて説明すればいいんだ、と焦る。
「てか、だからなんで琉斗がいるの！　昨日の記憶ぶっ飛
んで……」
　──ガタンッ。
　唯がなにかを言いかけたとき、ドアのほうから音がした。
　ふたりしてバッと振り向くと、ドアの横で呆然と立ちつ

くす人たちがいた。
　俺が唖然とした、次の瞬間。
「お父さん！　お母さん！」
　唯の声でハッとする。
　マジかよ、初対面がこんな状態とかどう説明すれば……。
　親のいない間に娘の部屋に泊まるチャラいやつとだけは思われたくない。
　とりあえず、頭を下げて謝る。
「あの、すみません。昨日は唯さんが熱を出してしまい送らせていただいたのですが、そのあと寝てしま……」
　そこまで言ったところで、肩をポンっと叩かれる。
「ねえ、あなた唯の彼氏？　やだもう、唯ったらやるじゃない、こんなイケメンくん〜。あ、パパには負けるけど〜」
　そんなことを言いながらニコニコしている人がおそらく、唯のお母さんなんだろう。
「ちょっとママ、問題はそこじゃないでしょ」
　今度は唯のお父さんらしき人が口を開く。
「あっ、そうよね！　ねぇ、ふたりはどこまでいってるのかしら？　一緒に寝てるくらいだものねぇ〜」
「「はい？」」
　見事に揃った唯と俺。
「はぁぁあああ!?」
　朝から唯の声が響く。
「ママ〜！　それも違うでしょ？」
「あら、ほかに聞くことなんてないじゃない？」

唯だけじゃなく、朝から爆弾発言をする唯のお母さんと、そんなお母さんをなだめるお父さん。
　そんな池田家が俺の憂鬱な悩みとなるのは、もう少し、先の話。

【END】

あとがき

はじめまして、あよなです！

この度は『浮気彼氏を妬かせる方法』をお手に取っていただき本当にありがとうございます！

野いちごGP受賞！ 書籍化！ と、私にはありえないくらいの幸せが続きすぎて、今書籍のあとがきを書いていることも夢みたいです。

そろそろどん底に突き落とされないか、ヒヤヒヤしながら日々を過ごしてます(…;)。

野いちごGP受賞のメールに気づいたのは電車の中でした。あまりに驚きすぎて「えっ！」と言ってしまい、周囲の人の視線を集めた恥ずかしさに電車の車両を変えたことは多分一生忘れません。そして、夢じゃないかと自分の手の甲をつねったあの痛さも。

さて、この『浮気彼氏を妬かせる方法』は、浮気系のお話が書きたい！ 彼氏が浮気してるなら、主人公にも浮気させちゃえ！ という勢いだけで書き始めた作品でした。

けれど、書き始めると入れたいシーンがたくさん出てきて、気付けば四六時中この作品のことを考えていました。書いていて、とても楽しかったです。

そして、主人公の彼氏である琉斗なのですが、実はこのお話を書き始めるときには俺様設定でした。

もっとグイグイ系で、チャラいやつにしようかと思っていたんですが、気づいたら勝手に不器用でツンデレな琉斗になってました。

　思っていても言葉にすることは難しいですよね。恥ずかしかったり照れくさかったり。私自身、なかなか言えないことがよくあります。もっと言葉にできたらいいなと思いながら書いていました。
　なかなか素直になれないふたりはいかがだったでしょうか？
　少しでもお楽しみいただけたのならこれ以上の幸せはありません(๑´ㅂ`๑)。

　最後になってしまいましたが、私の作品を1ページでも読んでくださった方、私にはもったいないくらいの素敵な感想をくださった読者様。辛いときに相談にのってくれたり励ましてくれた作家様。何もわからない私に1から丁寧に教えてくださった担当様。そして今、この本をお手に取ってくださっているあなた様。
　私の力だけでは、ここまで来ることは出来ませんでした。
　この作品に携わってくださったすべての方々に、心からの感謝申し上げます！
　本当にありがとうございました!!
　たくさんの感謝と愛を込めて。

2015.8.25 あよな

この物語はフィクションです。
実在の人物、団体等とは一切関係がありません。

あよな先生への
ファンレターのあて先

〒104-0031
東京都中央区京橋1-3-1
八重洲口大栄ビル7F

スターツ出版（株）書籍編集部 気付
あよな先生

浮気彼氏を妬かせる方法
2015年8月25日　初版第1刷発行

著　者	あよな
	ⓒAyona 2015
発 行 人	松島滋
デザイン	カバー　黒門ビリー＆大江陽子（フラミンゴスタジオ）
ＤＴＰ	株式会社エストール
編　集	相川有希子
発 行 所	スターツ出版株式会社
	〒104-0031 東京都中央区京橋1-3-1　八重洲口大栄ビル7F
	ＴＥＬ 販売部03-6202-0386（ご注文等に関するお問い合わせ）
	http://starts-pub.jp/
印 刷 所	共同印刷株式会社

Printed in Japan

乱丁・落丁などの不良品はお取替えいたします。上記販売部までお問い合わせください。
本書を無断で複写することは、著作権法により禁じられています。
定価はカバーに記載されています。

ISBN 978-4-88381-998-0　C0193

ケータイ小説文庫 2015年8月発売

『可愛くないって言わないで!!』elu(エル)・著

中3の真衣は超絶美少女だが、真っ直ぐすぎる性格ゆえに勘違いされてしまい、女子からシカトされ、田舎の中学に転入する。勘違いを生まないよう、男子と話さないようにする真衣だったが、チャラ系のイケメン・光太郎がしつこく話しかけてきて…!? 素直になれない少女の恋&友情ストーリー!!

ISBN978-4-8137-0000-5
定価:本体580円+税

ピンクレーベル

『俺だけ見てろよ。』acomaru(アコマル)・著

超地味子の姫乃は、隣に住むイケメン兄弟の兄・雄に幼い頃から憧れていた。彼に近づくため、がんばって高校デビューしたけれど、いつも隣にいてくれたのは弟のレオで…!? 普段はイジワルで俺様なレオなのに、どうしていつも困った時に現れるの? ピンクレーベル初の完全書き下ろし作品☆

ISBN978-4-8137-0002-9
定価:本体590円+税

ピンクレーベル

『大好きでした。』YuUHi(ゆーひ)・著

放課後、いつもひとりで絵を描いている高2の舞は、幼いころから画家になるのが夢だった。しかしとある事情で夢を諦めかけた舞。そんな舞の前に、クラスの人気者でバスケ部のエース・翼が現れて…。夢に向かってがんばる姿に号泣の純愛ストーリー。第7回日本ケータイ小説大賞、大賞受賞作!!

ISBN978-4-88381-997-3
定価:本体570円+税

ブルーレーベル

『イジメ返し』なぁな・著

楓子は女子高に入学するも、些細なことで美海を中心とする派手なグループの4人にから、ひどいイジメを受けるようになる。暴力と精神的な苦しみのため、絶望的な気持ちで毎日を送る楓子。しかし、ある日転校生のカンナが現れ、楓子に「イジメ返し」を提案。一緒に4人への復讐を始めるが…?

ISBN978-4-88381-999-7
定価:本体570円+税

ブラックレーベル

ケータイ小説文庫　好評の既刊

『早川先輩の溺愛。』 碧玉紅・著
（はやかわせんぱい）

高2の春は、恋愛にあまり興味がない。でも、無理矢理参加させられた合コンで、隣の名門男子校に通う、超イケメンだけど女たらしで有名な早川先輩と出会う。先輩は春を落とすために女たらしをやめると宣言‼ だけど、鈍感な春は先輩の気持ちに気づかなくて⁉　不器用なふたりのじれ甘LOVE♥

ISBN978-4-88381-981-2
定価:本体550円+税

ピンクレーベル

『甘々いじわる彼氏のヒミツ⁉』 なぁな・著

高2の杏は憧れの及川先輩を盗撮しようとしているところを、ひとつ年下のイケメン転校生・遥斗に見つかってしまい、さらにイチゴ柄のパンツまで見られてしまう。それからというもの、遥斗にいじわるされるようになり、杏は振り回されてばかり。しかし、遥斗には杏の知らない秘密があって…？

ISBN978-4-88381-971-3
定価:本体540円+税

ピンクレーベル

『どうして私を選んだの？』 bi-ko☆・著
（ビーコ）

内気で人見知りな優芽は、高校1年の春、バスケ部のクールなイケメン・遥斗にひと目ボレした。勇気を出して告白すると、なんと返事はOK。だけど、遥斗は超浮気性で、いつも他の女子と一緒にいる。悲しみが限界を超えた優芽が別れを告げると、遥斗はやっと自分の本当の気持ちに気づいて…？

ISBN978-4-88381-972-0
定価:本体540円+税

ピンクレーベル

『冷たいキミが好きって言わない理由。』 天瀬ふゆ・著

李和は高校入試の日、電車で痴漢から助けて貰った男の子にひとめぼれ。入学式に再会した李和は、三ツ木に告白するが冷たくフラレてしまう。あきらめられないある日、三ツ木がデートをOKしてくれる。デートの時はすごく優しい彼に違和感を感じる李和。そんな三ツ木くんには秘密があって…。

ISBN978-4-88381-961-4
定価:本体580円+税

ピンクレーベル

ケータイ小説文庫 好評の既刊

『迷惑なイケメンに好かれました。』藤井 みこと・著

過去の出来事から男嫌いになってしまった高2の芽依。しかし、入学した時から、高身長のイケメン・持田に付きまとわれている。持田から逃げようとする芽依だったが、持田からの愛はとどまることを知らない。さらに学年1モテる優等生の市原からも告白されて…!? 芽依の高校生活はどうなる!?

ISBN978-4-88381-962-1
定価:本体550円+税

ピンクレーベル

『無愛想な彼に胸キュン中』あのあ・著

高2の澪は強がりな女の子。ある日、些細なきっかけで同じクラスの無愛想イケメン・流と口ゲンカになった末、弱みを握られてしまう。それをダシに脅され、抵抗できない澪。しかし、流の傷ついた顔やたまに見せる優しさを知るたびに、ドキドキしてきて…!? 無愛想男子の甘い素顔に胸キュン!

ISBN978-4-88381-940-9
定価:本体540円+税

ピンクレーベル

『好きになんてなるワケないっ!!』TSUKI・著

超鈍感美少女、高2の茉奈は同じ学年の3人組、イジワル男子の悠、ハイテンションな可愛い男子の仁、大人っぽいクール男子の綾綺にいつもからかわれている。茉奈の父の友人からの依頼で悠と同居することになった茉奈。親友・加恋や悠、仁、綾綺との間で悩みながら、茉奈が結ばれた相手とは…!?

ISBN978-4-88381-936-2
定価:本体560円+税

ピンクレーベル

『イジワルなキミの隣で』miNato・著

高1の萌絵は2年の光流に片思い中。光流に彼女がいるとわかってもあきらめず、昼休みに先輩たちがいる屋上へ通い続けるが、光流の親友で学校1のイケメンの航希はそんな萌絵をバカにする。航希なんて大キライだと感じる萌絵だったが、彼の不器用な優しさやイジワルする理由を知っていって…?

ISBN978-4-88381-930-0
定価:本体570円+税

ピンクレーベル

ケータイ小説文庫　好評の既刊

『溺愛王子とヒミツな同居』桜里愛・著

高1の藤沢まりやは、小学校2年生まで隣に住んでいた初恋の彼・松坂大翔のことが今でも大好き。でも、その初恋の彼が女子嫌いのクールなイケメンになって、何と同じ高校に入学してきたから大変‼　その上ある事情から、なぜか2人は同居することに⁉　幼なじみとのトップシークレットな恋物語！

ISBN978-4-88381-917-1
定価:本体530円+税

ピンクレーベル

『好きなんて、言えるかよ。』cheeery・著

ある日、高2の仁奈のクラスに超イケメンの隼人が転校してくる。見た目は王子様みたいな彼だけど…実は中学時代、仁奈が告白してフラれた挙句、イジワルされて子分のように扱われた、とんでもない男だった。突然の再会におびえる仁奈に、高村は再びイジワルするが、それには理由があって…？

ISBN978-4-88381-920-1
定価:本体520円+税

ピンクレーベル

『好きって気づけよ。』天瀬ふゆ・著

俺様でイケメンの凪と、ほんわか天然少女の心愛は友達以上恋人未満の幼なじみ。心愛への想いを伝えようとする凪だが、天然な心愛は気づかない。そんなじれじれのふたりの間に、ある日、イケメン転校生の栗原君が現れる。心愛にキスをしたりと、積極的な栗原君にとまどう心愛に凪はどうする⁉

ISBN978-4-88381-896-9
定価:本体550円+税

ピンクレーベル

『眠り姫はひだまりで』相沢ちせ・著

ド天然で寝るのが大好きな"癒し姫"こと色葉は、兄に教えてもらった旧校舎の空き教室を、自分だけの昼寝スポットにしている。カギがなくなり、秘密の通路からしか行けないそこは、秘密の隠れ家。だけどある日、先客として学校にファンクラブを持つイケメン・純がいて…⁉　放課後の、ひだまりLOVE♪

ISBN978-4-88381-889-1
定価:本体570円+税

ピンクレーベル

ケータイ小説文庫 好評の既刊

『また、明日』あちゃみ・著

高2の菜緒と親太郎は幼なじみ。高校入学後、音楽バカの親太郎は、夢だったバンドを組むため奔走し、菜緒はそれに協力する。やっとの思いでバンドを組み、仲間とともに充実した日々を送るふたり。菜緒は親太郎のことが好きで、ずっと一緒にいたいと思っていたが、親太郎を病魔がおそって…？
ISBN978-4-88381-990-4
定価:本体570円+税

ブルーレーベル

『キミの心に届くまで』miNato・著

高1の陽良は、表向きは優等生だけど本当は不器用な女の子。両親や友達とうまくいかず、不安をかかえて自分の居場所を求めていた。ある日、屋上で同じ学年の不良・郁都に会い、彼には本音で話せるようになる。そのうち陽良は郁都を好きになっていくが、彼には忘れられない人がいると知って…。
ISBN978-4-88381-992-8
定価:本体560円+税

ブルーレーベル

『キミの空になりたい』月森みるく・著

高校生の汐音は、同じクラスの翔平が野球部でピッチャーをしている姿を偶然見かけ、教室では見せない真剣な表情にドキドキし始める。甲子園を目指して練習に励む翔平は、空を見あげるのがクセ。汐音は翔平を好きになるにつれ、そこに隠された切ない理由を知って…。実話をもとにした初恋物語。
ISBN978-4-88381-983-6
定価:本体560円+税

ブルーレーベル

『あと、11分』ちせ.・著

入学以来、毎日下駄箱に入っている白い封筒を不思議に思っていた男子高校生のスイは、最近自分の記憶が飛んでいることに気付く。そんな時、非常階段でシキに出会い、涙が止まらなくなる。彼女との間になにがあったのか…。第9回日本ケータイ小説大賞ブルーレーベル賞受賞作！
ISBN978-4-88381-980-5
定価:本体550円+税

ブルーレーベル

ケータイ小説文庫　好評の既刊

『それでもキミをあきらめない』はづきこおり・著
高1の奈央は、学年イチの地味子。そんな奈央の唯一の楽しみは、学園屈指の超イケメン・礼央を目で追うことだった。ある日、奈央は礼央から告白される。予期せぬ出来事に驚く奈央だったが、ほどなくしてそれは"罰ゲーム"だったと知って…。隠された真実が胸を打つ、切ない恋の物語。
ISBN978-4-88381-979-9
定価:本体560円+税
ブルーレーベル

『サヨナラのしずく』juna(ジュナ)・著
身寄りがなく孤独な高校生の雫は、繁華街で危ないところをシュンに助けられる。お互いの寂しさを埋めるように惹かれ合うふたり。元暴走族の総長だった彼には秘密があり、雫を守るために別れを決意する。雫がとった行動とは…？　愛する人との出会いと別れ。号泣必至の切ないラブストーリー。
ISBN978-4-88381-970-6
定価:本体540円+税
ブルーレーベル

『あのこになりたい』美波　夕・著
母親に厳しくしつけられ、高校に入っても反抗できない毎日を送る咲。優等生だった兄は引きこもりになり、家族はバラバラだ。そんな時、偶然出会った兄の同級生シュンが、兄を外に連れ出してくれる。感謝するが、咲とシュンの関係を疑いもう会うなと言う母。咲は、母に本音をぶつけるが…。
ISBN978-4-88381-969-0
定価:本体530円+税
ブルーレーベル

『さくらんぼ』aN(アン)・著
15歳の香菜は家から離れた高校に進学した。その理由は、10年前からずっと好きだった幼なじみの憂を忘れるため。中学時代、憂に失恋した香菜は、想いを断ち切るように高校で新たな恋をスタートさせる。だが、思いがけない憂との再会に香菜の心は揺れ動いて…。実話をもとにした切ない恋の物語。
ISBN978-4-88381-958-4
定価:本体580円+税
ブルーレーベル

ケータイ小説文庫　2015年9月発売

『甘い時間は生徒会室で。』＊乃々＊・著

田舎から都会の高校に入学した高1の結愛。入学そうそうイケメン生徒会会長・璃斗に生徒会委員に任命される。ただでさえイケメンの璃斗にドキドキなのに、生徒会室に結愛の椅子はなく、結愛の席はいつも璃斗の膝の上!?　胸キュン・甘々全開、生徒会ラブ♥

ISBN978-4-8137-0008-1
予価：本体500円＋税

ピンクレーベル

『こいつ、俺のだから。』＊メル＊・著

高2の仁菜はしつこく告白されて困っているところを、犬猿の仲のモテ男・佐野に助けられる。しかし、その見返りになぜか1ヶ月限定で彼女になるハメに!?　嫌々ながらも一緒にいるうちに彼の優しさに気づく。お互い素直になれない2人の恋の行方は!?　不器用ツンデレ男子に胸キュン！

ISBN978-4-8137-0012-8
予価：本体500円＋税

ピンクレーベル

『今日も端っこ、待ち合わせ。(仮)』小粋・著

初恋もまだな高1の千歳。そんな彼女が駅の待合室で電車を待っていると、金髪ヤンキーの瞬が現れる。あることがきっかけでふたりは話すようになり、やがて付き合うことに。だけど、千歳は生まれつき重い心臓病をかかえていて…。人を愛すること、命の大切さを教えてくれる感動のラブストーリー。

ISBN978-4-8137-0007-4
予価：本体500円＋税

ブルーレーベル

『初雪が降る前に』花菱ありす・著

密かに想いをよせていた中学の同級生優太を病気で失い、心を閉ざしていた雪音。高校生活で出逢ったのは、そんな雪音をやさしく見守ってくれる理人だった。理人に惹かれる自分と優太への想いの板挟みになる雪音がくだした決断とは…。優しい人に逢いたくなる、号泣必至の感動作！

ISBN978-4-8137-0009-8
予価：本体500円＋税

ブルーレーベル

書店店頭にご希望の本がない場合は、
書店にてご注文いただけます。